GERHARD PFLANZ

Aufbruch nach Britannia

AF282601

Buch

Es ist ein hartes Leben für Saxen und benachbarte Friesen in den Dörfern und Gehöften an der Wesermündung im 5. Jahrhundert nach Christus. Strandräuber und Piraten bedrängen sie und den Naturgewalten ihrer rauen Heimat sind sie fast schutzlos ausgeliefert.

Es entsteht die Idee nach Britannia auszuwandern. Bis zur Erfüllung ihres Traumes, muss ein mühsamer und gefährlicher Weg beschritten werden.

Die Handlung ist erfunden unter Berücksichtigung des historischen Rahmens, Ähnlichkeiten von Namen oder Personen sind rein zufällig und nicht beabsichtigt.

Autor

Gerhard Pflanz lebt im Kreis Cuxhaven und schreibt aus Leidenschaft. Neben dem Schreiben zählt für den Dipl. Ing. und Vater von drei Kindern vor allem seine Familie.

Web: http://www.pflanz-web.de
Mail: autor@pflanz-web.de

Weitere Titel von Gerhard Pflanz

Morde und Amouren

Yako - Der Chatte

Saltius - Germane in Römischen Diensten

Geschichten für Melissa

Kriegsende in Schlitz

Technisches Wörterbuch (deutsch/engl., engl./deutsch)

GERHARD PFLANZ

Aufbruch nach Britannia

Eine Geschichte aus dem fünften Jahrhundert nach
Christus über die Bewohner eines Saxendorfes an der
Wesermündung

Roman

Zeichnungen

von Jürgen Krause

Bibliografische Information der Deutschen
Nationalbibliothek:
Die Deutsche Nationalbibliothek verzeichnet diese
Publikation in der Deutschen Nationalbibliografie;
detaillierte bibliografische Daten sind im Internet über
http://dnb.dnb.de abrufbar.

Zeichnungen: Jürgen Krause

Herstellung und Verlag: BoD – Books on Demand,
Norderstedt

1. Auflage 2022

ISBN: 978-3-7568-2860-9

Inhaltsverzeichnis

01 Am grossen Strom 11

02 Auf Fischfang 15

03 Oye Sand 19

04 Gefangen 25

05 Kampf an der Friesenwurt 29

06 Der Siegesschmaus 34

07 Brautwerbung 40

08 Das Piratenschiff 44

09 In Geest 56

10 Befreiung 63

11 Gefährlicher Heimweg 69

12 Das Fest 76

13 Der Drachenstein 86

14 Besuch aus Britannia 93

15 Pirateninsel 102

16 Den Göttern zum Opfer? 110

17 Heros Weg 123

18 Hero in Britannia 131

19 Der Auftrag 141

20 Die Schiffbauer 149

I

21 Farulf der Kämpfer 157

22 Der Entschluss 166

23 Die Warft 169

24 Stapellauf 174

25 Aufbruch 180

26 Badonic 188

Personenverzeichnis

Im Dorf Geest am großen Strom

Norgert	Häuptling, Bauer und Fischer (32 Winter alt)
Imke	Gefährtin von Norgert (32 Winter alt)
Rulf	der Sohn (16 Winter alt)
Sieke	die Tochter (10 Winter alt)
Rodgar	ein Nachbar
Erma	seine Gefährtin
Otker	der Sohn, Freund von Rulf
Geral	Bauer, Fischer, Seher und Heilkundiger
Thordis	seine Gefährtin
Fredo	Fischer
Iska	seine Tochter
Gisbert	Bauer, Witwer
Laif	befreiter Pirat (15 Winter alt)
Godrik	sein Bruder (10 Winter alt)
Fehild	befreite Frau von der Pirateninsel
Hero/Herstus	Bruder von Norgert
Tyra	befreite Frau, Heros Magd/Gefährtin

Auf der Friesenwurt

Oddo	Bauer, Friese
Egga	seine Gefährtin
Geeske	die Tochter (14 Winter alt)
Giso	erwachsener Sohn
Enno	der zweite Sohn

In Britannia

Hero/Herstus	Bruder von Norgert, Legionär IX. Kohorte
Endis	seine Gefährtin
Betar	Vater von Endis, Decurio im Kastell
Kora	Mutter von Endis

In Drangest

Germo	Dorfhäuptling
Herman	Geschichtenerzähler

Flüsse

Wissuhr	Weser
Albis	Elbe
Tamesis	Themse

Für Wanda.

Hat man das Bücherlesen erst einmal richtig angefangen,
so gibt es damit kein Ende das ganze Leben hindurch,
es wird einem notwendig wie Atmen und Essen.
Hans Fallada (1893-1947)

01
AM GROSSEN STROM

Das Glück kommt nicht ungerufen,
man muss ihm entgegen gehen.
Ugo Foscolo (1778-1827)

Allvater Wotan hatte es im vergangenen Winter nicht gut gemeint mit dem Saxenclan von Häuptling Norgert.

Die Saxen siedelten an der Mündung des großen Stroms in das unendliche Meer. Die Friesen wussten um die zerstörerische Kraft des Stromes und nannten ihn Wissuhr.

Keiner aus dem kleinen Dorf hatte bisher die fernen Grenzen des Meeres erreicht, dafür hatten seine Bewohner mehrmals die Macht der vom Sturm gepeitschten Wellen verspürt, hinter denen sie den Zorn der Götter fühlten. Der Kanal zum offenen Wasser war eingeebnet worden und musste mühsam wieder freigegraben werden, die Hälfte der Häuser war überschwemmt und zum Teil eingestürzt. Fortgeschwemmt war die karge Getreidesaat, welche bereits ausgesät war, ein Teil der Vorräte vernichtet. Glücklicherweise standen die Vorratshäuser auf Stelzen, so dass der größte Teil der Nahrung für Mensch und Vieh gerettet wurde.

Jetzt blieb keine andere Wahl, als die Wurten wieder zu erhöhen und die eingestürzten Häuser aufzubauen. Stimmen wurden laut, welche forderten, das kleine Dorf mit seinen acht Gehöften zu verlassen und an besserer Stelle neu zu siedeln. Aber diese Schreihälse und Besserwisser wussten auch keine Antwort, wenn nach besser geeigneten Stellen gefragt wurde.

Norgerts Langhaus war das größte im Dorf Geest. Er hatte schon zum dritten Mal den Boden der Stallungen und des Wohnbereichs soweit vorhanden mit Mist, Klei und einer festgestampften Lehmschicht aufgefüllt und damit wieder etwas über den Hochwasserspiegel angehoben. Noch einmal würde das nicht möglich sein, eine ausreichende Höhe bis an die Querbalken unter dem Dach musste bleiben.

Dann blieb nur noch die Möglichkeit das Langhaus neu aufzubauen, so wie sein Nachbar Rodgar es vor einem Mond hatte tun müssen, unter Mithilfe des ganzen Dorfes. Ganz besonders schwierig war die Bergung der Fundamentsteine gewesen, die unverzichtbar und nur schwer wieder beschaffbar waren.

Norgert saß auf einem als Bank grob zurecht gehauenen Baumstamm neben dem Eingang zum Langhaus und genoss die Frühlingssonne. Neben ihn setzte sich Tochter Sieke. Sie war zehn Winter alt und der Sonnenschein der Familie und des ganzen Dorfes. In Ruhe auf der Bank sitzen kam selten vor, die Tage waren von früh bis spät angefüllt mit Arbeit. Jetzt hätte er mit dem Einbaum auf dem Strom sein müssen zum Fischfang. Heute hatte er aber Sohn Rulf hinausgeschickt, der war inzwischen 16 Winter alt und musste lernen Männerarbeit zu leisten.

Seine Gefährtin Imke kam aus dem Tor und setzte sich neben ihn. Er wollte sie dicht an sich heranziehen, doch sie wich ihm aus: „Nein, für Späße habe ich keine Zeit, ich muss die Rinder und Schafe füttern und melken. Du kommst mit, die Ställe müssen ausgemistet werden und morgen gehst du mit Rulf ins Moor. Wir brauchen Torf, der Winter war lang und kalt." Gut durchgetrocknetes Torf war das hauptsächliche Brennmaterial in den Dörfern am und um den großen Strom. Und verschwunden war sie im Haus. Er sah ihr begeistert nach, sie war seine Wunschgefährtin gewesen und jetzt mit ihren 34 Wintern hatte sie nichts an Anziehungskraft für ihn verloren. „Morgen gehen wir fischen, das Moor muss warten", rief er ihr nach.

Er hatte sie als Gleichaltriger vor 17 Wintern kennen gelernt. Sie war ihm eine wertvolle Gefährtin bis zum heutigen Tag. Ächzend erhob er sich und machte sich an das Ausmisten der Ställe.

Sohn Rulf kam mit dem Einbaum den schmalen Kanal vom Strom zurück. Er hatte keinen großen Fang gemacht, aber einen Fremden verjagt, der ihre Reusen geplündert hatte. Zwei der fünf Reusen waren leer, von den anderen brachte er nur einen geringen Fang mit nach Hause. Vater Norgert sagte: „Das war bestimmt ein Friese vom anderen Ufer des Stromes, nächstes Mal fahren wir beide zu den Reusen und wenn wir ihn erwischen, werden wir ihm ein Andenken verpassen."

Rulf, ein kräftiger junger Mann mit einem rotblonden Haarschopf, war begeistert: „Wir nehmen ihm den Kahn ab und werfen ihn ins Wasser, soll er doch rüber schwimmen. "Imke kam und besah sich die Fische: „Das reicht gerade für ein Abendbrot bei euch hungrigen Männern. Du kannst sie ausnehmen, dann bekommt ihr heute auch was zu essen."

02
AUF FISCHFANG

Das Beste, um an dein Übel nicht zu denken,
ist Beschäftigung.
Ludwig van Beethoven (1770-1827)

Am nächsten Morgen machten Norgert und Sohn Rulf
bei Sonnenaufgang den Kahn fertig für eine Fahrt auf den
Strom. Sie wollten die Reusen noch einmal kontrollieren,
mit Schnüren und Harpunen auf Fischfang gehen. Der
Kahn war dafür besser geeignet als ein Einbaum. Man
hatte mehr Platz und eine größere Stabilität im Boot, auf
dem Strom konnte es stürmisch werden. Es war ein Boot
welches wie ein Einbaum gebaut war, die Bootsbauer
hatten einen Baumstamm von sechs Schritt Länge
ausgehöhlt und in Längsrichtung geteilt. Wo man die
Wanddicke nicht messen konnte, wurden Löcher gebohrt,
um eine gleichmäßige Dicke mit der Queraxt (Dachsel)
herstellen zu können. Bei Fertigstellung wurden die

Löcher mit eingeschlagenen Holzpfropfen wieder verschlossen.

Das Ergebnis war ein in zwei Längshälften geteilter Einbaum wie ihn ihre Vorfahren schon seit hundert Wintern bauten. Am Boden sowie an Bug und Heck wurden Bretter eingefügt und mit Spanten mit den Einbaum Hälften verbunden. Im Heck war etwa einen halben Schritt vor dem Bootsende eine Querwand eingefügt, der entstandene Raum diente als Fischkasten. Der Bretterboden war hier mehrfach durchbohrt, sodass immer Wasser im Kasten stand und gefangene Fische frisch gehalten wurden.

Die Kanten der Bretter und der Seitenwände der Einbaumhälften mussten passgenau angefertigt werden, damit der Kahn dicht wurde. Die Kanten wurden angeschrägt und in die entstehenden Rillen Schafwolle und Pflanzenfasern eingepresst als Dichtungsmittel. Dann wurden die Rillen mit erhitztem Erdpech vergossen.

Trotz aller Sorgfalt wurde der Kahn nie ganz dicht, immer wieder musste Wasser geschöpft werden. Sie lenkten den Kahn an die Uferkante, welche bei Niedrigwasser trockenfiel. Hier hatten sie die Reusen verankert, die jetzt zum Teil aus dem Wasser ragten. Norgert stieg aus dem Kahn auf den schlammigen Schlickboden und leerte die Reusen in den Kahn. Ein reicher Fang, Rulf hatte Mühe die glitschigen Fische mit den Händen in den Fischkasten zu schaufeln. Er rief seinem Vater zu: „Zwei große Hechte, ein Knäuel Aale, drei Barsche, zwei Zander, ein guter Fang, viele Jungfische, die werfe ich wieder zurück ins Wasser." „Nächstes Mal gehst du in den Modder", rief Norgert zurück, der mühsam seine Beine aus dem Schlick zog und wieder in den Kahn stieg.

Der Fischkasten war gut gefüllt, er nahm die Hechte und einen großen Barsch wieder heraus. „Die hätten sich dick und rund gefressen bei der leichten Beute"; sagte er auf den fragenden Blick des Sohnes. „Wir paddeln jetzt gegen den Strom in ruhiges Wasser und versuchen mit den Fischspeeren welche von den großen Fischen zu erbeuten. Deine Schnüre kannst du auswerfen, vielleicht fangen wir nebenbei noch was."

Die Schnüre bestanden aus zusammengeknüpften Tiersehnen, an deren Ende war ein dünner Metalldraht befestigt und an dem hing der Angelhaken. Norgert benutzte noch gerne Angelhaken aus kräftigen Fischgräten, im Gegensatz zu Nachbar Rodgar, der sich bei anderen Fischern geschmiedete Haken aus Eisen eingetauscht hatte. Der dünne Metalldraht am Ende der Schnüre verhinderte, dass Raubfische mit kräftigem Gebiss die Schnüre durchbissen und mit dem Haken entkamen.

Im ruhigeren Wasser lauerten große Hechte, Störe und auf dem Grund auch Welse auf Beute. Recht ergiebig wurde der Fang zur Zeit der Lachswanderung. Die Männer nahmen ihre zweizackigen Speere zur Hand, spähten in die trüben Fluten. Rulf hatte sich zu einem geschickten Fischer entwickelt. Ein dunkler Schatten flitzte vorbei, er stieß zu und hatte eine zappelnde Beute kurz vor dem Schwanzende erwischt. Allein konnte er den Fisch nicht in den Kahn ziehen, sein Vater stach seinen Speer gleich hinter dem Kopf des Fisches ein. Gemeinsam zogen sie einen Wels an Bord: „Ein guter Fang, Sohn, der ist mehr als einen Schritt lang."

Rulf war stolz, er half mit wie ein Mann, die Familie zu ernähren. „Jetzt brauchen wir noch etwas für deine Mutter, das was wir bisher haben, wird verkauft oder getauscht."

Der Vater bestimmte über ihren Fang. Sie hatten nach einigen vergeblichen Versuchen noch einmal Glück, Norgert speerte einen fast ebenso langen Stör und zog ihn mit Mühe ins Boot. Mit den Angelschnüren hatten sie weniger Erfolg. Ein Hecht, gut einen Fuß lang, hatte angebissen. „Genug für heute, ab nach Hause."

Sie bogen in den Kanal zu ihrem Dorf ein und legten vor ihrem Langhaus an. Gemeinsam schleppten sie den Stör in das Haus. Auf einem dafür vorgesehenen Tisch nahmen sie den Fisch aus und teilten ihn in gleichlange Stücke. Das gab einige kräftige Mahlzeiten. Die Mutter kam und lobte sie: „Da habt ihr mal nicht geträumt von der schönen Meernixe, sondern tüchtig gearbeitet." Norgert nutzte die Situation, schmuste tüchtig mit ihr, bis sie ihn abwehrte: „Nun ist's genug." Rulf widmete sich inzwischen seiner Schwester Sieke, die bald zehn Winter wurde und der Liebling in der Familie und im Dorf war.

Da es noch früh am Tag war und das ablaufende Wasser gerade begann, beschloss Norgert noch einmal loszufahren, um den Rest des Fanges zu verkaufen. Mit dem schweren Kahn konnten sie nur mit dem Ebbstrom die Oye erreichen, gegen die Flut war das nicht möglich. Der schmale Kanal, welcher das Dorf mit dem Strom verband, fiel bei Niedrigwasser trocken und ein Auslaufen mit Kahn oder Boot war nicht mehr möglich. „Wir fahren zur Oye, vielleicht können wir den Rest der Beute günstig verkaufen." Mutter und Tochter eilten zum Kahn, um den Fang zu sehen. Sie staunten über den großen Wels und die Anzahl Fische im Fischkasten. „Einen Hecht nehme ich mir noch mit", sagte Imke und ohne Widerspruch zu dulden griff sie nach einem der beiden Hechte, welche Norgert aus dem Fischkasten genommen hatte.

.

0 3
OYE SAND

Der Tag beginnt, die Amsel singt,
die Zeit geht ihren Weg
afrikanisch

Sie hoben den Kahn mit dem Bug aus dem Wasser und wendeten ihn, im Wasser war das nicht möglich, der Kanal war zu schmal. Mit kräftigen Paddelschlägen erreichten sie den Strom und ließen sich von dem einsetzenden Ebbstrom treiben. Nach drei Stunden kam ihr Ziel in Sicht. Sie ließen sich an der Seite der Mittagssonne an die Insel heran treiben und suchten zwischen einigen schon vorhandenen Booten einen Platz zum Anlegen.

Die Fische wurden in einen Korb gefüllt und zu dem Handelsplatz getragen. Ihre Fischspeere nahmen sie mit, oft war es schon zu Streitereien mit dem rauen Volk gekommen, besser man zeigte sich wehrhaft. Den Wels hatten sie im Kahn gelassen, interessierte Käufer mussten ihn dort besichtigen.

Mit lauten Rufen wurden sie begrüßt: „Da kommt der Fischhöker, was bringst du mit?" „Lauter frische Fische, eben erst gefangen, einen großen Wels könnt ihr euch im Kahn ansehen."

Der schwere Korb war im Nu zur Hälfte leer, Fische waren begehrt. Norgert tauschte Getreidesaat ein. Mit dem Rest ging er zu einem Schmied, er brauchte Nägel und zwei Sicheln. Dann war auch dieses Geschäft perfekt. Norgert überlegte, ob er nicht eine Schmiedewerkstatt in seinem Dorf einrichten sollte. Die Hilfe eines Schmiedes brauchte man jederzeit.

Ein Hornsignal ertönte und ein lauter Ruf: „Piraten, Gefahr." Alle Blicke richteten sich zur anderen Seite der Insel. Dort kam ein Schiff mit einem Segel in Sicht. An Deck wimmelte es von Bewaffneten: „Das sind Piraten", rief Norgert, „nehmt eure Waffen und folgt mir." Er stürmte zum beabsichtigten Landeplatz der Piraten, die Händler folgten ihm.

Am Bug des Schiffs stand ein großer breitschultriger Kerl: „Werft eure Waffen weg, wir bekommen doch was wir wollen. Wenn ihr Widerstand leistet, bezahlt ihr es mit dem Leben." Norgert wandte sich an seine Mitstreiter: „Nein, das sind nicht mehr als wir, wir jagen sie zurück." Die Händler schüttelten zornig ihre Waffen, sie wussten, wenn sie jetzt aufgaben, hatten sie ihr Eigentum und vielleicht auch das Leben verloren.

Der Bug des Piratenbootes bohrte sich in das Schlickufer und die ersten Männer sprangen an Land. Sie waren alle gut bewaffnet, aber sie wurden von einer wütenden Schar wehrhafter Männer empfangen, welche ihr Eigentum verteidigten. Norgert war an der Spitze der Verteidiger, direkt hinter ihm Rulf. Er stach mit dem Fischspeer nach einem Piraten als dieser noch im Wasser stand. Der Räuber sank in die Knie und wurde von zwei seiner Kumpanen zurück zu dem Schiff geschleift.

Ein anderer Angreifer hatte mit seinem Schwert Rulf den Speer aus der Hand geschlagen und drang auf ihn ein. In höchster Not war Norgert zur Stelle und stach dem Piraten seinen Speer in die Seite. Stöhnend ließ dieser sein Schwert fallen und sank auf die Knie. Rulf ergriff das Schwert und schlug ihm zwischen Schulter und Kopf in den Hals, das war sein Ende. Der Junge betrachtete sein Opfer und ihm grauste, das erste Mal., dass er einen Toten sah und dazu noch von ihm erschlagen.

Inzwischen waren alle Piraten an Land gegangen und hieben auf die Händler ein, vorneweg der große Kerl, offenbar der Anführer. Die Händler waren nur zum Teil gut bewaffnet, einige wehrten sich mit Knüppeln, andere mit Sensen, die der Schmied aus seinem Vorrat verteilt hatte. Der Wille ihr Leben und ihr Eigentum zu verteidigen, das Beispiel Norgerts riss sie mit und glich vieles aus.

Auf dem Handelsplatz warteten einige Frauen, welche ihre Männer begleitet hatten, voller Bangen auf den Ausgang des Kampfes. Otta, die Frau von Häuptling Leifwin aus dem Nachbardorf Ringst, einen knappen Tagesmarsch von Geest gelegen, rief: „Nehmt Knüppel, Besen, Dreschflegel und lasst uns den Männern helfen." Ihre Tochter Ragna, eine 15-jährige Schöne, nahm eine Axt aus der Schmiede und folgte der Mutter.

Die Männer waren überrasch über die unerwartete Hilfe, doch die Frauen ließen sich nicht zurückweisen und droschen auf die Räuber ein. Trotzdem mussten sie immer weiter zurückweichen, ihre Niederlage zeichnete sich ab. Norgert versuchte ein letztes Mittel um dem Kampf eine Wende zu geben: „Schmied, Rulf ihr folgt mir, ihr anderen haltet uns den Rücken frei. Wir werden uns den großen Kerl schnappen. Der Schmied und ich greifen ihn von vorne an, Rulf, du kommst von der Seite und stichst ihm den Speer in die Rippen, los ran an ihn!"

Sie rannten durch die Reihen der Kämpfer auf den Anführer zu, der Schmied, ein großer starker Kerl als erster, Rulf etwas zurück. Andere Kämpfer beschützten sie. Der Plan ging auf, der Schmied versetzte dem Piraten einen Hieb, den dieser nur mit Mühe abwehren konnte. Fast gleichzeitig stach Rulf ihm den Fischspeer mit aller Kraft in die Rippen. Der Pirat fiel mit einem Schmerzenslaut zur Seite und hauchte sein verbrecherisches Leben auf der Oye Sand, fern seiner Heimat aus. Ein anderer Pirat fügte dem Schmied eine schwere Schädelwunde bei, ehe Norgert ihn mit seinem Speer zu Boden schickte.

Nachdem ihr Anführer gefallen war, sprangen die ersten Piraten auf ihr Schiff, andere folgten, der Kampf war entschieden und das Piratenschiff legte eilig ab zur Flucht. Die wenigen Räuber, welche nicht mehr auf das Schiff gelangten, warfen sich mit voller Kleidung in den Strom und versuchten zu entkommen. Sie wussten, ihr Leben war verwirkt, wenn sie in die Hände der Händler fielen. Sie wären den Göttern geopfert worden oder im günstigsten Fall in eine lebenslange qualvolle Sklaverei verkauft worden.

Die Händler sammelten sich auf dem Platz in der Mitte der Insel und ließen sich ermattet auf die dort liegenden Baumstämme fallen. Frauen trugen den Schmied herbei und versorgten seine Schädelwunde. Die Verletzung sah übel aus, würde er das überleben? Kleine Wunden und Schrammen wurden ebenfalls von den Frauen mit Kräuterverbänden und Heiltränken versorgt.

Liegengebliebene Waffen der Piraten wurden eingesammelt, die Männer suchten sich brauchbare Gegenstände aus.

Ein Krug mit Bier tauchte auf und machte die Runde. Norgert wurde gelobt, sein Plan hatte den Kampf zu ihren Gunsten entschieden. Rulfs Blicke hingen voll Bewunderung an Ragna, so eine Gefährtin wünschte er sich. Er nahm allen Mut zusammen und setzte sich neben sie. Sie sah ihn abweisend an: „Was willst du?", fragte sie, „du bist doch aus dem Schlickdorf." „Ich wollte dich fragen, ob du meine Freundin werden willst", antwortete er, mit seinem Selbstbewusstsein war es vorbei nach der unfreundlichen Antwort. Sie ließ ein lautes Lachen hören: „Suche dir eine Trampel bei euch im Morast, bei mir kommst du nicht an."

Die um sie herumsitzenden Frauen und Mädchen lachten, Rulf fühlte sich zutiefst gekränkt. Seine Bewunderung für Ragna schlug in Hass um. „Der werde ich es noch zeigen", dachte er, hatte aber im Moment keine Ahnung, was er ihr zeigen wollte. Er setzte sich wieder zu den Männern, die Frauen kicherten und deuteten zu ihm hin. Er überwand seinen Ärger und nahm einen tüchtigen Schluck Bier.

Die Männer unterhielten sich über die Piraten: „Das waren bestimmt ausgestoßenen Jüten von den Inseln, die leben nur von Räubereien." Das sollte keine generelle Verurteilung der Inselbewohner sein, schwarze Schafe gab es überall, auch in den Saxendörfern.

Rulf mahnte zum Aufbruch: „Die Flut läuft schon seit einiger Zeit, wenn wir länger hierbleiben, müssen wir mit der Fahrt nach Hause bis morgen warten." „du hast recht Sohn, lass uns aufbrechen. Wer will den Wels haben?", fragte er in die Runde. Einige Männer sahen sich den mächtigen Fisch an, Ragnas Mutter Otta kam dazu und sagte: „Den nehmen wir, was willst du dafür haben?" Sie einigten sich auf zwei Lämmer, welche die Familie aus dem Dorf Ringst mitgebracht hatte. Norgert und Rulf lenkten ihren Kahn in den Flutstrom und machten sich auf die Heimfahrt.

0 4
GEFANGEN

Reich ist, der weiß,
dass er genug hat.
Laotse (um 300 v. Chr.)

Kurze Zeit später sahen sie ein Segel in der einsetzenden Dämmerung: „Das sind die Piraten", Norgert erkannte das am Schnitt des Segels, „wir müssen uns verstecken, bevor sie uns entdecken." Sie lenkten ihren Kahn ans Ufer Richtung Sonnenaufgang und hatten Glück. Ein schmaler Priel nahm den Kahn auf und sie waren aus dem Blickfeld der Piraten verschwunden.

Durch die Büsche konnte man sehen, dass das große Segel näherkam. Die Piraten hatten noch nicht aufgegeben und lauerten auf leichte Beute bei den heimkehrenden Händlern und Fischern. Wenn Norgert und Rulf jetzt in ihre Hände fielen, würde Norgert sicher erschlagen, vielleicht auch zu Tode gefoltert, er hatte ihren Anführer erschlagen und sie würden ihn erkennen. Rulf drohte der

Verkauf in die Sklaverei. Sie zogen den Kahn weiter in den Priel hinein, bis er in einen Graben mündete, der an beiden Seiten mit Bäumen und Büschen bewachsen war. Hier versteckten sie ihn unter dichten Büschen.

Norgert fasste einen Entschluss: „Wir nehmen die Lämmer unter den Arm und gehen zu Fuß nach Hause, bei Morgendämmerung können wir dort sein. Die Körner lassen wir hier, den Kahn holen wir später." Wenn die Piraten ihr Boot vor den Priel legten, saßen sie in der Falle und würden bei Tageslicht entdeckt werden. „Der Weg wird mühsam sein, aber besser als von den Räubern geschlachtet werden!" Rulf war mit seinem Vater einer Meinung.

Trotz des Bewuchses am Ufer des Grabens, mussten sie noch ein Stück landeinwärts laufen, bis sie festen Boden unter den Füßen hatten. „Hier leben Wurtfriesen, denen müssen wir aus dem Weg gehen. Die werden uns nicht umbringen, aber wir landen sicher in der Sklaverei, wenn sie uns fangen." Im Mondlicht war eine große Wurt mit einem Langhaus zu erkennen. Vieh ruhte ringsum auf der Weide. Sie schlugen einen großen Bogen um das Haus, aber bald tauchte die nächste Ansiedlung auf.

Womit sie nicht gerechnet hatten, waren die Hunde der Friesen. An der vorigen Wurt hatten die schon einen Riesenlärm gemacht. Hier kam es schlimmer, aus einem dunklen Busch heraus sprangen zwei große Hunde Norgert an und bissen sich an ihm fest. Rulf erstach einen davon mit dem Fischspeer und jagte den andern mit Hieben davon. Stimmen wurden laut, drei Männer kamen die Wurt heruntergelaufen. Norgert setzte sich mühsam auf: „Ich kann nicht weiter, renne nach Hause und hole Hilfe." Rulf wollte den Vater nicht im Stich lassen: „Beeile dich, sonst sind wir beide verloren." Rulf sah zu den anstürmenden Männern und rannte in Richtung einer Buschreihe an der Weide entlang, nur so konnte er dem Vater helfen. Die beiden Lämmer hatte er zurückgelassen.

Die drei Friesen erreichten Norgert und bedrohten ihn mit ihren Speeren: „Was machst du hier, uns ausrauben? Wir werden dir den Übermut austreiben." Sie schlugen heftig mit ihren Speerschäften auf ihn ein, er blieb stöhnend liegen. „Bist du allein?", fragte der Älteste der Friesen. Norgert nickte. „Wo kommst du her?" Er konnte keine zusammenhängende Antwort geben, die Schläge auf Brust und Rücken nahmen ihm den Atem.

Rulf rannte um sein Leben, bis er merkte, dass hält er nicht durch und er fiel in Schritttempo. Völlig erschöpft kam er kurz nach Sonnenaufgang in ihrem Langhaus an. Die Mutter war erschrocken und konnte sich sein Kommen allein nicht erklären, bis er in wenigen Sätzen erklärt hatte, was vorgefallen war.

„Mutter, hole Rodgar und alle anderen Männer aus dem Dorf schnell hierher, es geht um das Leben von Vater." Imke rannte zu den Nachbarn nach der Seite zum Sonnenaufgang und schickte Tochter Sieke nach den Gehöften zur Wasserseite. Innerhalb kürzester Zeit waren sieben Bauern mit drei kräftigen Söhnen im Langhaus versammelt. Rulf erklärte die Situation: „Piraten haben uns auf der Insel angegriffen, wir haben sie abgewehrt, ihren Anführer erschlagen und verjagt. Als wir mit der auflaufenden Flut zurück nach Hause wollten, haben sie uns aufgelauert. Wir mussten unseren Kahn verstecken und zu Fuß weiter flüchten. Dabei haben Friesen von einer Wurt Vater gefangen genommen und verwundet. Vater befahl mir zu fliehen und Hilfe zu holen. Er wurde von Hunden angefallen und konnte nicht weiter. Wir müssen sofort los, wenn wir Norgert helfen wollen."

Rodgar fragte: „Wie weit ist das von hier?" „Einen knappen Tagesmarsch immer am Strom entlang, wenn wir uns beeilen. Den Weg zu der Wurt zeige ich euch, wenn wir dort sind." Rodgar machte sich zum Anführer und sagte: „Wir sind elf Männer, euch zähle ich mit", er deutete auf die drei Jungens, „zwei Männer und einer von den Jungs bleibt hier, wir können die Frauen und Kinder nicht ohne Schutz lassen." Die Männer und der Junge wurden bestimmt und alle eilten nach Hause, um Waffen und etwas Verpflegung zu holen. „Wir treffen uns am Dorfausgang", rief er ihnen noch nach.

Einen Moment lang hatte er daran gedacht sich mit zwei Kähnen auf den Weg zu machen, aber das war ihm doch zu gewagt wegen der Piraten, die ihnen den Weg versperren würden, wenn sie noch da waren. Am Treffpunkt war dann überraschend auch Imke erschienen mit einem Kurzspeer in der Hand. Auf seinen fragenden Blick sagte sie: „Es geht um Norgert, da gehöre ich auch hin. Sieke habe ich in dein Langhaus zu Erma geschickt" „Na gut, dann sind wir neun", antwortete er. Trotz seiner Erschöpfung setzte sich Rulf zusammen mit Rodgar an die Spitze und schlug ein starkes Tempo an.

05
KAMPF AN DER FRIESENWURT

Dumme rennen,
Kluge warten,
Weise gehen in den Garten.
Tagore (1861-1941)

Die Sonne stand schon tief am Himmel, als die Wurt endlich in Sicht kam. Rulf war völlig erschöpft und ließ sich hinter einer Hecke in das Gras fallen. „Wie wollen wir vorgehen?" Die Männer sahen Rodgar fragend an, er war der anerkannte Anführer.

„Ungesehen kommen wir nicht ran, am besten gehen wir alle zusammen zu dem Haus, ich werde mit dem Bauer reden, Norgert hat ja nichts zu ihrem Schaden getan. Die Hunde beruhigen wir mit einigen Fleischbrocken, welche ich mitgenommen habe. Rulf, du bleibst hier und beobachtest die Umgebung. Falls sie Verstärkung holen, kommst du zum Haus und warnst uns."

„Ich will sofort seine Bisswunden versorgen", meldete sich Imke. „Wenn sie uns zu ihm lassen, wird das so gemacht." Sie näherten sich dem flachen Hügel. Der große schwarze Hund war sehr aggressiv, konnte aber mit einem Fleischbrocken beruhigt werden. Rinder und Schafe flüchteten vor ihnen. Aus dem großen Tor kam ein junger Mann, der sofort wieder hineinlief und das Tor zuschlug.

Rodgar schickte zwei Männer zur Rückseite des Hauses: „Wenn sie jemand wegschicken, haltet ihn auf, der soll sicher Hilfe holen." Er klopfte mit dem Speerschaft an das Tor. Nach kurzer Zeit ertönte eine Stimme: „Was wollt ihr?" „Wir suchen unseren Häuptling Norgert. Er ist von euren Hunden verletzt worden, wir wollen ihn nach Hause holen." „Hier ist kein Fremder, verschwindet, sonst rollen eure Köpfe die Wurt hinunter, so wahr ich Oddo, der Friese bin." Rodgar ging zum Tor, griff an den Riegel und riss den Türflügel auf.

Der dicke Kerl, der hinter dem Tor stand, sah Rodgar überrascht an. Der zögerte nicht lange, setzte dem Friesen seinen Zweizack Speer vor den Bauch und drückte ihn an die Wand. Die Dorfbewohner aus Geest schirmten ihn ab gegen zwei jüngere Männer und eine Frau. „Sag uns, wo unser Häuptling ist, oder du erlebst das Tagesende nicht." Die Verständigung mit den Friesen war kein Problem, Saxen und Friesen sprachen ähnliche Dialekte.

Rodgar stand dicht vor dem Dicken, er konnte den säuerlichen Geruch aus seinem Mund deutlich wahrnehmen. Das roch auch nach Angst. Die Wache vom hinteren Tor kam mit einem zappelnden Jungen in den Armen in die Tenne: „Der Junge wollte Hilfe holen", sagte Fischer Geral.

„Gib Antwort, oder du stirbst", schrie Rodgar den Friesen an. Oddo gab auf: „Nimm deinen Fischmörder weg, euer Häuptling liegt in der ersten Stallkammer, ihr könnt ihn haben, aber verschwindet von meiner Wurt."

Imke eilte mit einem Fischer zu der ersten Kammer: „Nein, auf der andern Seite", rief ihnen der Friese nach." In dem Stall fanden sie zwei verängstigte Mädchen, die Ältere mochte vierzehn, die Jüngere fünf Winter sein und in einer Ecke den zu einem Bündel zusammengeschnürten Norgert mit einem Fellknebel im Mund. Imke nahm ihm den Knebel ab, die Fischer befreiten ihn von den Fesseln. „Wo sind deine Verletzungen?", fragte Imke. Er zeigte auf seine Beine und Imke machte sich an die Arbeit.

Rulf kam angerannt: „Da kommen acht Bewaffnete, das sind die Piraten von der Oye." Zwei Fischer schlossen das Tor und legten den Sperrbalken vor. Kurze Zeit später laute Rufe vor dem Tor: „Macht auf, wir suchen den Mörder unseres Anführers." Rodgar schob Oddo zum Tor und flüsterte ihm zu, was er antworten sollte.

„Hier ist kein Fremder, verschwindet", rief der Friese. „Macht auf oder wir stecken euch den Hof an", kam die Antwort. Rodgar schickte vier seiner Kämpfer durch die hintere Tür: „Fallt ihnen in den Rücken, wir kommen von vorne." Oddo kam zu ihm: „Wir kämpfen mit euch, meine beiden Söhne sind geübte Kämpfer. Die Piraten würden uns nur ausrauben, den Hof anstecken und uns in die Sklaverei verkaufen." „Stoßt das Tor auf und drauf auf sie," gab Rodgar den Befehl.

Sie stürmten aus dem Tor auf die Angreifer. Die Piraten waren zunächst geschockt, mit so vielen Verteidigern hatten sie nicht gerechnet. Ihr neuer Anführer war ein tatkräftiger Mann, der seine Männer schnell auf die Situation eingestellt hatte: „Stellt euch an die Hauswand und bildet einen Abwehrkreis. Jeder schützt seinen Nachbar." Die Männer von der rückwärtigen Tür bedrängten sie von hinten. Erste Wunden wurden den Gegnern zugefügt, Blut floss und wütendes Geschrei ertönte auf beiden Seiten.

„Die kesseln uns ein, wir müssen hier raus. Mir nach", schrie der Anführer. Er brach mit seinem massigen Körper durch die Reihe der Fischer, erhielt einen Stich an der Schulter und wandte sich zum Eingang des Langhauses: „Wir verschanzen uns in der Tenne und nehmen ihre Kinder und Frauen als Geiseln", schrie er seinen Kameraden zu, „wehrt sie ab, bis wir drin sind."

Die Piraten drängten in das Haus, schlossen das Tor und warfen den Sperrbalken vor. Imke hatte für Norgert ein Lager vor dem Stall gemacht und sah erschrocken auf. Ein Faustschlag warf sie um, Norgert fühlte eine Speerspitze an seinem Hals. Rodrik, ein langer hässlicher Pirat, umklammerte mit einer Hand Imkes Hals, mit der anderen betastete er gierig ihren Körper. „Weg von dem Weib, die heben wir uns auf für später. Geh nach hinten, dort muss noch eine Tür sein. Verschließe sie und lasse keinen rein", so die Order des Anführers.

Blut floss aus seiner Wunde, er musste sich auf den Boden setzen, Schwäche übermannte ihn. Rodrik rannte nach hinten. Er kam zu spät, zwei Fischer stürmten durch die Tür und brachten dem überraschten Piraten eine tödliche Stichwunde bei. Alle Räuber starrten zu der hinteren Wand, diesen Augenblick nutzte Norgert. Er erhob sich mühsam, warf den Sperrbalken aus der Halterung und riss das Tor auf. Die Fischer mit Rodgar an der Spitze stürmten in die Tenne. In wenigen Augenblicken waren die Räuber überwältigt. Das ging nicht ohne Blutvergießen ab, der wehrlos am Boden sitzende Anführer erhielt einen Axthieb von Oddo, dem Herrn des Hofes, auf den Kopf, der sein Leben beendete.

Die Piraten warfen ihre Waffen weg und gaben sich in die Gewalt der Fischer und der Friesen.

Imke hatte Würgemale am Hals, es ging ihr aber gut, langsam überwand sie den Schock. Ihre Sorge galt Norgert. Dessen Bisswunden am Bein waren wieder aufgesprungen und bluteten stark. Sie erneuerte zusammen mit Fischer Geral die Verbände. Die Söhne des Friesen gaben ihr Stoffbahnen, die Geral passend schnitt. Egga, die Frau des Friesen kam aus dem Stall und drängte beide zur Seite. Sie war heilkundig und übernahm die Versorgung der Wunden. Gleichzeitig gab sie Imke Anweisungen zur Bereitung eines Heiltranks

Oddo würgte einen der Piraten grob und schrie: „Wo sind meine Töchter?" Ängstlich wand der junge Kerl sich unter dem Griff des dicken Friesen: „Das wissen wir nicht, wir haben keine Kinder gesehen." Auch Imke hatte die beiden Mädchen aus den Augen verloren. Eine helle Stimme meldete sich aus dem Heulager über den Dachsparren: „Wir sind hier, Vater." Die beiden fünf und vierzehn Jahre alten Mädchen kletterten die Holzsprossen herab, die an den Dachstützen angenagelt waren und begrüßten Vater und Brüder.

Die Männer mussten schmunzeln und freuten sich. Die Mutter Egga hatte die Kinder bei Beginn des Kampfes auf den Heuboden geschickt, sich aber weiter im Stall versteckt gehalten.

06
DER SIEGESSCHMAUS

Wem genug zu wenig ist,
dem ist nichts genug.
Epikur (341-270 v. Chr.)

Die Söhne des Friesen hatten die beiden unverwundeten Piraten gefesselt und an Dachstützen gebunden. Die Verwundeten lagen mit schweren Verletzungen in einem Stall.

Rodgar sammelte die Fischer zum Kriegsrat. Norgert wurde mit dem Rücken an die Stallwand gesetzt, sodass er an der Beratung teilnehmen konnte. „Wir müssen unseren Rückweg nach Geest planen", rief er in die Runde, „unser Dorf soll nicht ungeschützt bleiben." Bevor jemand einen Vorschlag machen konnte, rief der Hausherr: „Macht keine Pläne, wir lassen euch nicht weg." Misstrauisch sahen die Fischer zu ihm hin. „Ihr habt uns vor den Piraten gerettet, das wollen wir mit einem Festmahl feiern. Meine Söhne schlachten einen fetten Hammel, den wollen wir gemeinsam verspeisen. An Bier habe ich immer einen großen Vorrat, das wird uns die Verdauung erleichtern. Morgen könnt ihr über euren Heimweg beraten."

Die Fischer sahen sich an, ein verlockendes Angebot, das konnte man kaum ausschlagen. Außerdem, Hunger hatten alle. „In Ordnung", rief Rodgar, „Aber reicht ein Hammel, wir haben mächtigen Hunger." „Dann schlachten wir zwei", sagte der Friese und schickte die vierzehnjährige Tochter mit einer entsprechenden Anweisung zu den Söhnen.

Sie kam atemlos zurück: „Ist in Ordnung Vater, habe ich ausgerichtet." Sieh sah begeistert zu Rulf hin, nur um neben ihm sitzen zu können, hatte sie sich so beeilt. Ihm war das nicht recht, die Fischer würden ihn necken. Doch als sie dicht an ihn heranrückte, fand er Gefallen an ihrer Nähe und rückte nicht zur Seite, sondern ganz nah an sie heran: „Wie heißt du?", fragte er. Sie sah ihn glücklich lächelnd an und sagte: „Geeske und du heißt Rulf, das habe ich schon gehört." Er nickte und dachte: „Warum haben Frauen so eine seltsame Art?" Im Moment war auch seine Rachsucht gegen Ragna, die ihn auf der Insel beleidigt hatte, vergessen. Mit der Sprache hatte er keine Probleme mit ihr, er konnte sie gut verstehen.

Seine Mutter hatte alles beobachtet und schmunzelte, endlich kam er auf andere Gedanken als Streit und Krieg, oder Fischfang mit Norgert. Ein anderes Thema wurde wichtig: „Was machen wir mit den gefangenen Piraten?" „Da sollen sich die Friesen drum kümmern, wir müssen unseren Kahn holen, den wir versteckt haben." Rodgar fragte: „Irgendwo muss doch das Schiff der Piraten liegen. Das wäre eine lohnende Beute für uns."

Er befragte einen der gefesselten Räuber: „Wo liegt euer Schiff?" „Wir sind in einen Priel hineingefahren und haben unseren Kahn dort liegen gelassen. Einer von uns ist als Wache dortgeblieben. Lass mich frei, dann führe ich dich hin." „Darüber müssen wir beraten", antwortete Rodgar. Er sah in den leeren Stall, in dem jetzt die verwundeten drei Piraten lagen. „Das sieht nicht gut aus, ob die das Überstehen? Zu fesseln brauchen wir sie jedenfalls nicht, die können nicht weglaufen", dachte er.

Bei den Friesen gab es, genau wie bei den Saxen, kein Erbarmen mit gefangenen Gegnern, besonders dann nicht, wenn diese einen Überfall in räuberischer Absicht unternommen hatten. Sie wurden erschlagen, den Göttern geopfert und an der heiligen Eiche aufgehängt oder bei Nachbarstämmen in die Sklaverei verkauft. Bei diesem Handel kamen auch römische Münzen in Umlauf, die weit über das ehemals römische Herrschaftsgebiet in Gebrauch waren.

Es kam vor, dass junge Männer von den Siegern aufgenommen wurden und dauerhaft dortblieben, auch als Ausgleich für getötete eigene Stammesangehörige. Rodgar beschloss, diesen Vorschlag bei dem Gefangenen zu machen, der sie zu dem Schiff führen wollte. Was die Friesen mit den Gefangenen machen wollten, war noch nicht zu erkennen, zuerst wollten diese sich dem Festmahl widmen.

Bei beginnender Dämmerung wurden auf der Wurt zwei große Feuer entzündet. Davor wurden Eisenstangen in den Boden gerammt und mit Querstangen versehen. Der ältere Sohn des dicken Friesen zerteilte die Hammelhälften in einzelne Portionen, welche auf den Eisenstangen aufgespießt wurden. „Geral kann dir helfen, der kennt sich mit den Viechern aus", rief Rodgar. Geral machte sich an die Arbeit und alles ging doppelt so schnell, wie zu erwarten war.

Bald zog ein herrlicher Duft nach gebratenem Fleisch über die Wurt. Für die Bewohner von Geest ein Leckerbissen, denn dort gab es oft Fisch und wenig Fleisch. Egga teilte Becher aus, Imke und Geeske halfen und schenkten Bier aus. Freilich waren nicht genug Becher da und einige Kämpfer mussten sich ihren Becher mit dem Nachbarn teilen. Als Geeske zu Rulf kam, flüsterte sie ihm zu: „Ich komme gleich zu dir." Er zeigte keine Reaktion, um nicht von den neben ihm sitzenden Fischern geneckt zu werden. Der zweite Sohn des Friesen musste die Stangen mit den Bratenstücken wenden, er holte sich ebenfalls Hilfe bei einem Fischer. Die nächste Runde Getränke wurde ausgeschenkt und dann gefüllte Krüge zwischen die Männer zur Selbstbedienung gestellt. Geeske hatte Zeit und huschte neben Rulf. Sie schmiegte sich eng an ihn, so als wäre über ihre Bindung längst alles abgesprochen. Rulf lief es heiß über den Rücken, Frauen oder Mädchen waren ihm noch nie wirklich nahegekommen.

„du kannst heute oben auf dem Heuboden schlafen", sagte sie, „ich schlafe auch da." Er lächelte ihr zu, als Zeichen, dass er kommen würde. Kleine Holzteller mit Salz wurden zwischen die Männer gestellt, würzen musste jeder selbst. Die ersten Fleischstücke wurden ausgeteilt. Es waren nicht genug Teller da, aber jeder hatte sein eigenes Messer und es schmeckte auch aus der Faust. Geeske verschwand wieder und half ihrer Mutter und Imke, die ihren zielstrebigen Kontakt mit Rulf beobachtet hatte.

Der erste Hammel war bis auf die Rippen in Portionen verteilt, Anzeichen von Sättigung waren bei den kräftigen Männern noch nicht erkennbar. Der zweite Hammel wurde zerteilt und am Feuer gebraten. Die Frauen der Söhne des Friesen, die auf einem Nachbarhof Dienst taten, kamen und halfen beim Wenden der Bratenstücke und beim Austeilen. Auch Rulf langte noch einmal zu, obwohl ihn eine tiefe Müdigkeit befiel. Er hatte zwei anstrengende Fußmärsche hinter sich und in der Nacht nicht geschlafen.

Als Geeske wieder zu ihm kam war er gegen die Wand gesunken und im Sitzen eingeschlafen. Imke erklärte ihr die Gründe für seine Erschöpfung. „Er kann bei mir auf dem Heuboden schlafen, ich passe auf ihn auf." Imke streichelte ihr über das Haar: „Das ist lieb von dir, ich werde es ihm sagen." Einige Schlemmer gerieten jetzt an ihre Grenzen, typische Geräusche ließen auf völlige Sättigung bei den ersten Gästen schließen.

Der Hausherr erhob sich und trank seinen vollen Krug leer: „Keiner verlässt den Platz, bis alles aufgefressen ist, es wird nichts aufgehoben. Wir wollen euch Fischmenschen ein ordentliches Dankeschön für eure Hilfe sagen." Er war kein Mensch feiner Worte und benutzte verschiedene andere grobe Ausdrücke. Zum Schluss ließ er mit großem Geschick schamlose Geräusche ertönen, wobei er sein Hinterteil den gefesselten Piraten zuwandte. Die Fischer und seine Söhne spendeten ihm Beifall, die Frauen hielten sich zurück, kicherten verschämt.

Für Norgert war es wichtig, dass er sein verletztes Bein nicht bewegte, um neue Blutungen zu vermeiden. Er bat Imke ihm ein einfaches Lager zu bereiten, wo er jetzt gerade saß. Sie ließ sich von Egga zwei grobe Decken geben und half ihm in eine bequeme Schlaflage.

Rulf wurde wach, seine Mutter sagte zu ihm: „Auf mit dir in dein bequemes Heu Bett, du musst mal wieder ausschlafen." Er kletterte die Leitersprossen hoch und wurde von Geeske schon empfangen. Sie zeigte ihm die vorbereitete Schlafstelle, Er legte sich hin, strich ihr dankbar über das Gesicht und war sofort wieder eingeschlafen. Sie betrachtete ihn lächelnd, wie gern hätte sie noch mit ihm geschmust, aber das war für später aufgehoben. Ihre jüngere Schwester und der kleine Bruder schliefen schon nebenan in ihren Heubetten. Sie legte sich neben Rulf, träumte noch eine Zeitlang und schlief dann auch ein.

0 7
BRAUTWERBUNG

Die Frau ist die einzige Beute,
die ihrem Jäger auflauert.
Jörg Knör (1959)

Rodgar ging am nächsten Morgen zu den gefesselten Piraten, die steif und entkräftet in ihren Fesseln hingen. Er band den jungen Kerl los, der ihnen das Schiff zeigen wollte und brachte einen Krug mit Wasser, der von Beiden gierig ausgetrunken wurde: „Wir wollen heute zurück in unser Dorf. Du kommst mit und zeigst uns das Schiff." Der Pirat nickte: „Ich bin Laif und möchte mit in euer Dorf gehen, zu den Piraten will ich nicht mehr zurück. Die haben mich vor fünf Wintern von meiner Familie geraubt und ich musste ein ehrloser Räuber werden."

Er stand mit gesenktem Kopf vor Rodgar, der von seiner ehrlichen Absicht überzeugt war. Er ging in den Stall, um nach den verwundeten Piraten zu sehen, aber die waren nicht mehr da. „Die Friesen haben heute in der

Frühe die drei Verwundeten herausgeschleift und weggebracht", sagte Laif. Oddo erschien und sagte triumphierend lachend: „Die hängen in unserem Hain und werden Donnergott Thor geopfert." „Den Piraten Laif nehmen wir mit, den anderen könnt ihr hierbehalten. Wir werden heute wieder zurück in unser Dorf ziehen, müssen aber unseren Kahn holen, mit dem Norgert und Ulf gekommen sind. Wir danken für eure Gastfreundschaft."

Oddo war ganz Gönner: „Ihr braucht euch nicht zu bedanken, ihr habt uns geholfen gegen die Piratenbande. Da will ich auch vergessen, dass Norgert mir meinen besten Wachhund erschlagen hat." „Dafür kannst du die beiden Lämmer behalten, die er mitgebracht hat." „Ja, wenn wir sie wieder einfangen können und sie noch nicht von Hunden aufgefressen wurden."

Eine Etage höher wurde Rulf wach, er reckte sich und musste sich erst einige Augenblicke besinnen, bevor er wusste, wo er war. Ein süßer Mund presste sich auf sein Gesicht und machte ihn vollends wach. Er reckte sich und kämmte das Heu aus dem Haar. „Wenn ihr heute aufbrecht, will ich mit", sagte Geeske und sah ihn halb traurig, halb trotzig an. Er nahm sie in den Arm und beide sanken zurück auf das Lager: „Das wird dein Vater nicht erlauben, wir müssen auch mit meinen Eltern sprechen."

Er kletterte die Leiter herunter und wurde von Rodgar lachend mit den Worten empfangen: „Oh je, der Herr Rulf ist auch wieder aufgewacht aus seinem Liebesnest." „Nicht Liebesnest, Schlafnest", antwortete er. Geeske kam hinter ihm her, gemeinsam gingen sie zu seiner Mutter: „Mutter, wir müssen mit dir und Vater sprechen, bitte komm mit zu ihm." „Oh je, das junge Volk hat es aber eilig", dachte Imke.

Norgert hatte sich aufgesetzt, es ging ihm besser, er meinte mit kräftigen Verbänden um sein Bein müsste er auch wieder laufen können. Imke freute sich, ihn in besserem Zustand zu sehen. Sie setzte sich zu ihm und sagte: „Die jungen Leute wollen mit uns reden." „Was gibt es zu besprechen?", fragte er.

„Wir möchten euch fragen, ob Geeske mit uns nach Geest ziehen darf. Sie möchte meine Gefährtin werden." Norgert sah erstaunt zu Imke: „Das sind ja ganz neue Nachrichten, Was sagen denn deine Eltern dazu?" „Die haben wir noch nicht gefragt, erst wollten wir eure Erlaubnis haben", antwortete Geeske. „du bist noch zu jung für eine feste Bindung", sagte Imke. „Nein bin ich nicht, meine Mutter ist auch mit 14 Wintern zu Vater auf eine fremde Wurt gezogen. Bei uns binden sich die jungen Frauen so früh." Imke betrachtete sie nachdenklich und dachte: „Man kann sie schon als junge Frau betrachten, sie ist kein Mädchen mehr und sie weiß, was sie will. Aber weiß Rulf das auch oder ist es nur eine augenblickliche Laune von ihm?"

„Rulf, was willst du, willst du ihr lebenslanger Gefährte werden?" „Ja, das will ich und ich bitte dich bei ihren Eltern, um sie zu werben." Geeske schlang ihm die Arme um den Hals: „Ich gehe mit dir, egal was meine Eltern sagen." Norgert schmunzelte nach dieser eindeutigen Willensäußerung. „Wo sind deine Eltern, dann wollen wir gleich mit ihnen sprechen." „Mutter ist am Herd, Vater draußen beim Vieh, ich hole ihn." Sie rannte aus der Tenne auf die Weide und kam kurz danach mit Oddo und der Mutter zurück.

Norgert hatte ihr nachgesehen und ihre hochgewachsene schlanke Gestalt bewundert. „Das wäre eine gute Gefährtin für Rulf und in unsere Sippe würde sie auch gut passen", dachte er. Oddo fragte: „Was gibt es zu besprechen, Norgert?" „Etwas sehr Wichtiges, ich möchte für meinen Sohn Rulf um deine Tochter Geeske werben, er möchte sie zu seiner Gefährtin haben."

Oddo musste sich erst einmal setzen: „Das ist ja etwas ganz Neues", sagte er, „was sagst du denn dazu?" wandte er sich an seine neben ihm stehende Tochter. „Ich will mit ihm ziehen und seine Gefährtin werden." Die Mutter schlug erschrocken die Hände vor das Gesicht: „Du bist doch noch zu jung", sagte sie. Der Vater war aufgestanden und bestätigte durch Kopfnicken die Meinung der Mutter. Geeske zeigte jetzt, dass sie eine echte Friesin war. Sie stellte sich vor Oddo und trommelte mit ihren Fäusten gegen seine Brust. „Nein, ich bin nicht zu jung und ich gehe mit Rulf. Du hast Mutter auch mit 14 Wintern zur Gefährtin genommen, das hat sie mir erzählt."

Oddo wehrte sie lachend ab: „Du bist eine echte Friesentochter, um dich brauchen wir uns keine Sorgen zu machen. Lasst uns einen Augenblick allein, ich will mich mit Mutter und Rulfs Eltern beraten."

08
DAS PIRATENSCHIFF

Glück ist Talent für das Schicksal.
Novalis (1772-1801)

Rodgar bestimmte, wie es weitergehen sollte: „Geral
und Rulf gehen mit einem Sohn von Oddo zu unserem
Kahn und nehmen Norgert, Imke und Geeske mit. Rulf
kommt mit dem Friesensohn wieder zurück. Geral, du
bringst Norgert und die Frauen nach Geest. Sobald die
Beiden zurück sind, holen wir uns das Piratenschiff." „Was
ist mit Norgert, der kann noch nicht so weit laufen?",
fragte Geral.

„Oddo hat einen Schlitten für das Watt, mit dem zieht
ihr ihn. Das geht über die feuchten Wiesen." Alle waren
einverstanden, nur eine nicht wie sich zeigen sollte.

Oddo rief das verliebte Paar. Die standen vor den
Eltern, Geeske klammerte sich an Rulf. „Tochter, du
kannst mit Rulf nach Geest gehen." Ein Jubelschrei von
ihr sie bedeckte sein Gesicht mit stürmischen Küssen, er

wehrte sie mit Mühe ab, vor den Eltern gehörte sich das nicht. „Aber", fuhr Oddo fort, „nur für einen Mond", Enttäuschung, „dann kommst du zurück. Du kannst entscheiden, wenn du alleine kommst, bleibst du in Zukunft hier, kommt ihr beide, dann beschließen wir hier mit einem Fest eure endgültige Bindung." Fröhliche Gesichter bei dem jungen Paar: „Wir kommen zusammen", sagte Geeske und Rulf nickte zustimmend. Sie umarmten beide Elternpaare, Geeske etwas stürmischer als Rulf, aber beide zufrieden mit der Entscheidung der Eltern.

Rodgar kam und besprach mit den Männern die weitere Schritte. Als Geeske hörte, dass sie ohne ihren geliebten Rulf nach Geest aufbrechen sollte, gab es lautes Protestgeschrei von ihr: „Ich gehe mit Rulf, das kannst du mir nicht verbieten", sagte sie zu Rodgar. Oddo kannte die eigensinnige Tochter, er lachte und sagte: „Da müssen wir uns wohl fügen, Rodgar." Der hatte zwar Bedenken, willigte aber schließlich ein. Norgert wollte nicht auf den Schlitten, sah aber ein, dass seine Wunden am Bein wieder aufbrechen würden, wenn er sich zu Fuß auf den Weg machte. Das konnte die geplante Rückkehr gefährden.

Giso, Sohn von Oddo, kannte die Tidenzeit: „Wenn wir jetzt losgehen, kommen wir rechtzeitig zu Beginn des Flutstromes an den Priel und ihr kommt mit dem Kahn gut nach Hause." Norgert und Imke verabschiedeten sich herzlich von Oddo und Egga, die Friesen waren nach Anfangsproblemen Freunde geworden, auch der raubeinige Oddo.

Der Kahn lag noch in dem Graben an gleicher Stelle, irgendwelche Nager hatten sich an dem Saatgut gütlich getan, sonst war alles unverändert. Norgert freute sich über die Nägel und die Sicheln, welche er auf der Oye eingetauscht hatte. Der schwere Kahn hatte ein Spiegelheck und musste an Land umgedreht werden, der Graben war zu schmal, Wasser wurde ausgeschöpft.

Norgert und Imke stiegen ein und die Männer schoben das große Boot in den breiter werdenden Priel. Dort stieg Geral dazu und mit ihm und Norgert als Paddler und Lenker wurden sie von dem Flutstrom Richtung Heimatdorf getragen. Die beiden Männer waren mit Schwert und Speer bewaffnet und guter Dinge, bald in Geest zu sein. „Lasst euch nicht von Piraten erwischen, versteckt euch rechtzeitig", rief Rulf ihnen nach.

Die Gefahr durch die Piraten war gering, die hatten ihre Mannschaft verloren und würden so bald nicht zu einem neuen Überfall fähig sein. Rulf und Giso machten sich mit dem Schlitten auf den Rückweg zur Wurt, wo sie am späten Nachmittag ankamen und über das Geschehen berichteten.

Um günstige Strömungsverhältnisse zu haben, mussten sie den Marsch zum Piratenschiff auf den nächsten Tag verschieben. Da der Pirat Laif mit einem Marsch von zwei Stunden in Richtung stromaufwärts rechnete, beschlossen sie, am nächsten Morgen bei Sonnenaufgang ihr Abenteuer zu beginnen. Der Schlitten musste wieder mit, da Geeske Kleider und Haushaltsgerät mitnehmen wollte. Giso sollte ihn zur Wurt zurückbringen.

Rulf und Geeske nächtigten wieder in ihrem Heulager und schmusten tüchtig vor den Einschlafen. Von mehr wollte Rulf nichts wissen, das sollte für Geest aufgehoben werden. Bei Sonnenaufgang waren alle auf den Beinen. Die sechs Fischer verabschiedeten sich von den Friesen. Bei dem Abschied von Geeske und Rulf flossen bei Mutter Egga und der Tochter Tränen: „Wir kommen wieder, Mutter und dann nehmen wir euch mit und zeigen unser neues zu Hause", sagte Geeske, dann ging es die Wurt hinunter zu ihrem nächsten Abenteuer. Laif ging vorweg als Führer, Rulf zog mit Geeske den Schlitten.

Auf dem Weg zum Priel entlang der Wattkante entdeckten sie eine grausige Gestalt. Ein Mann kniete auf dem Watt, den Kopf konnte man nicht sehen, der war in das Watt gesteckt. Sie gingen vorsichtig näher, der Mann war gefesselt. Seine Peiniger hatten ein Loch in das Watt gegraben, seinen Kopf hineingesteckt und das Loch wieder mit Schlick gefüllt und festgetrampelt. Der Mann war elend erstickt oder durch die auflaufende Flut ertrunken. „Das waren die Piraten, als sie die Wurt stürmen wollten", war sich Rodgar sicher. Giso kannte den so schändlich behandelten: „Das ist der Hirte von unserer Nachbarwurt."

Eine ohnmächtige Wut erfasste die Männer und ließ nichts Gutes für den oder die Piraten am Schiff erwarten. Nachdem Laif ihnen ein Zeichen gegeben hatte, setzten sie sich zu einer Rast hinter eine Buschreihe. Er winkte Rulf und beide schlichen an den Büschen entlang: „Hier muss es sein, besser wir erkunden erst die Lage." Bald sahen sie den Mast des Schiffes schräg über das Watt ragen. Das Schiff war bei Niedrigwasser umgekippt, da es an einer Prielkante lag. Ungesehen konnten sie nicht näher herankommen, das waren etwa hundert Schritt über freies Watt.

Nach einiger Zeit sahen sie auch den Wächter, welcher bei dem Schiff zurückgeblieben war, dann noch drei Männer, welche neben der Bordwand saßen. Sie eilten zurück und berichteten. Rodgar übernahm wieder die Position des Anführers: „Wir haben es mit vier Gegnern zu tun und wollen vorsichtig sein." „Das sind bestimmt

Piraten, welche sich schwimmend von der Oye gerettet und das Schiff gefunden haben", sagte Rulf.

Rodgar bestimmte Fredo, einen älteren Fischer, der zusammen mit Giso, ihrem Bruder, bei Geeske und dem Schlitten bleiben sollten. Geeske wollte mit und gegen die Piraten kämpfen, aber dieses Mal hatte sie kein Glück und musste bei dem Schlitten bleiben: „Du bleibst hier, kein Widerspruch", war die Antwort von Rodgar. Ihr bittender, fordernder Blick zu Rulf blieb ebenfalls ohne Erfolg.

Rodgars Sohn Otker, der gleichaltrige Freund von Rulf, hatte in den letzten Tagen wenig Kontakt zu Rulf gehabt, der war mit seiner Flamme Geeske beschäftigt. Und das war eine Partnerin, welche einen jungen Verehrer schon voll in Anspruch nehmen konnte. Er sagte zu Rulf: „Wir gehen zusammen und schlagen die stinkenden Piraten in die Flucht." Rulf lachte zustimmend und Rodgar gab das Signal zu Aufbruch: „Wir sind jetzt fünf gegen vier Wächter. Anschleichen können wir uns nicht, die sehen uns über das flache Watt. Wir rennen das letzte Stück auf sie zu …" „und machen sie fertig", rief Otker.

„Laif, willst du mit uns gehen, oder lieber hierbleiben, es können ja Freunde von dir dabei sein?" „Ich gehe mit, ich gehöre jetzt zu euch." „Gut, dann sind wir sechs." Aufbruch zu dem ungewissen Abenteuer. Die Piraten würden sich einen so wertvollen Besitz wie das Schiff, nicht so leicht entreißen lassen. Jetzt waren sie in der Unterzahl, geschlagen waren sie längst nicht. In ihrem Schlupfwinkel, der wohl auf einem sonst unbewohnten Eiland im großen Strom lag, würden weitere Räuber bereit zu Überfällen und Racheaktionen sein

Die Fischer überprüften ihre Waffen und marschierten los. Geeske sah mit brennenden Augen hinter ihnen her. Fredo hatte eine Tochter im gleichen Alter und sagte, um sie abzulenken: „In Geest wird es dir gefallen, meine Tochter Iska ist in deinem Alter und wird dir eine gute Freundin sein." Geeske nickte dankbar, ihre Gedanken waren bei Rulf.

Die Fischer sammelten sich hinter der Buschreihe, sahen die Piraten im Schatten des Schiffes sitzen und rannten los. Rennen war übertrieben, es ging durch knöcheltiefen Schlick, der die Bewegungen tüchtig hemmte. Die Piraten waren überrascht, hatten jedoch Zeit sich aufzurichten und zum Kampf bereit zu machen. Die Fischer, alles kräftige Männer, auch die beiden Jünglinge waren stark und kämpferisch, überrannten sie im Nu. Als zwei der Piraten unter den Schwertstreichen der Angreifer zu Boden gegangen waren, warfen die beiden anderen ihre Waffen weg und ergaben sich.

Sie starrten hasserfüllt auf Laif: „Du Verräter, dich werden wir töten", der das sagte, lebte nur noch wenige Augenblicke, dann hatte Laif ihn mit einem mächtigen Hieb erschlagen. Der letzte lebende Pirat warf sich auf den Boden und flehte um sein Leben. "Was machen wir mit ihm?", fragte Rulf. „Giso soll ihn mitnehmen auf die Wurt, die Friesen haben bestimmt Verwendung für ihn", entschied Rodgar. Der junge Pirat ging einem traurigen Schicksal entgegen, im besten Fall würden ihn die Friesen in lebenslanger Knechtschaft behalten, wahrscheinlicher war, dass sie ihn als Sklaven an die Jüten verkaufen würden.

Die Flut lief auf und es wurde Zeit sich um das Schiff zu kümmern. Vorher wurde Giso verabschiedet, der sich mit dem Schlitten und dem Piraten auf den Weg zur Wurt machte. Geeske und Fredo trugen Geeskes Sachen zum Schiff, welches schon leicht in der auflaufenden Flut schaukelte. Die Männer schoben es mit vereinten Kräften in die Mitte des Priels und es schwamm auf ebenem Kiel. Rulf trug Geeskes Sachen an Bord und hob sie über die Reling. Der enge Kontakt zu ihr war ihm wie eine Belohnung für die vergangenen Aufregungen. Alle Männer stiegen an Bord, als letzter Rodgar, der die Befestigungshölzer aus dem Schlick zog und auf das Schiff warf, bevor er selbst über die niedrige Reling kletterte.

Die Männer stakten das Schiff zum Strom und als sie im Flutstrom ankamen, war Laif gefragt. Er musste das Schiff steuern und erklären, wie das Segel richtig gesetzt wurde. Die Fischer waren alle mit dem Strom vertraut, ein Schiff zu segeln war ihnen fremd. Ihre Boote waren Einbäume oder Kähne. Laif zeigte sich als geschickter Schiffsführer und in kurzer Zeit hatten sie das Schiff in Fahrt und auch unter Segel.

Das Segel war ein einfaches vierkantiges Rahsegel, konnte aber nur bei raumen Wind benutzt werden, der Wind musste von achtern kommen. Nach kurzer Zeit mussten sie das Segel einholen, da ein schräg einfallender Wind sie zum gegenüber liegenden Ufer trieb. Sie überließen sich dem Flutstrom und den Steuerkünsten von Laif, der an der Pinne stand.

Und auf ihren Steuermann war Verlass, nachdem sie etwa zwei Stunden mit dem Strom getrieben waren, zeigte Rodgar ihm die Einfahrt zu ihrem Priel. Er steuerte gekonnt in die schmale Einfahrt. Ein Anstoßen an die Prielkante war nicht zu vermeiden, die Männer schoben mit bereitliegenden Stangen das Schiff wieder frei und stakten ihrem Dorf entgegen. Bevor der Priel zu einem noch schmaleren Graben wurde, machten sie das Schiff fest. Die Flut hatte inzwischen ihren Höhepunkt erreicht, es war Stauwasser. Bald würde der Ebbstrom einsetzen und das Schiff trockenfallen.

Rulf nahm Geeskes Sachen, sie eilten zum Langhaus, um die Eltern zu begrüßen und fielen sich glücklich mit Imke und Norgert, dem es deutlich besser ging, in die Arme. Sieke kam und begrüßte jubelnd die Ankömmlinge. Geeske musterte sie nur einen kurzen Augenblick kritisch, dann war auch sie an der Reihe und wurde umarmt. Imke schickte Sieke in das Dorf und bald waren alle Einwohner zur Stelle und ein fröhliches Zusammensein begann. Im Mittelpunkt standen Geeske und ihr zukünftiger Gefährte.

Jeder wollte die junge Frau von der Friesenwurt sehen, die ihre beste Kleidung angezogen hatte und allseits bewundert wurde. Sie trug einen dunklen knielangen Rock mit Faltenwurf und feiner Borte am unteren Rand, welcher von einem schmalen Gürtel mit Bronzeschnalle gehalten wurde, eine helle Bluse, von zwei glänzenden Fibeln (Schließen) über der Brust geschlossen. Darüber hatte sie ein graues Schultertuch gezogen, welches ebenfalls mit Fibeln befestigt war.

Sehenswert war der Schmuck, den ihr die Mutter mitgegeben hatte. Eine bronzene Kette mit einem Glücksamulett um den Hals, an jedem Zeigefinger einen polierten Goldring und an den Armen zwei Reifen, einer goldfarben, einer silbern schimmernd. Die groben Alltagsschuhe hatte sie gegen fein gearbeitete Pantoffeln aus Hirschleder getauscht. Die Besucher bewunderten Ralfs wunderschöne Gefährtin, die ihr wallendes Blondhaar zu einem Knoten hochgebunden hatte.

Er nahm sie an der Hand und wollte sie der Dorfgemeinschaft vorstellen: „Ich möchte euch meine Gefährtin vorstellen, das ist…", weiter kam er nicht, sie hielt seine Hand fest und unterbrach ihn: „Ich möchte mich selbst vorstellen, du kannst nachher von deinen Abenteuern erzählen." Die Besucher schmunzelten: „Das wird keine einfache Gefährtin für ihn, die wirds ihm zeigen", war die Meinung der Frauen.

„Ich bin Geeske und komme von einer Friesenwurt weiter stromabwärts. Rulf wollte mich haben und so bin ich mit ihm in euer Dorf gezogen." Hier unterbrach Rulf sie: „Du hast deinen Vater mit Fäusten bearbeitet, weil er dich noch nicht hergeben wollte und du mich haben wolltest." „Das stimmt, war aber nicht so schlimm gemeint. Wir werden uns gut verstehen, ich habe dich sehr gern." „Das ist auch meine Meinung, ich muss dich halt noch ein bisschen erziehen." Alles lachte, Imke rief: „Erziehung brauchst du selbst." „Deine Mutter und ich werden das schon schaffen", war Geeskes Kommentar und einen leichten Klaps auf seinen Mund hatte sie auch noch für ihn. Aber der war eher liebevoll als strafend gemeint.

Krüge hatten die Besucher mitgebracht, die Gastgeber schenkten Getränke aus, für die Frauen süßen Met, für die Männer Bier. Die Kinder bekamen Saft von der Holunderbeere. Imke, Geeske hatten das in einem Nu erledigt, bei den Kindern half Sieke mit. Die Frauen aus der Nachbarschaft hatten noch viele neugierige Fragen an Geeske, welche von ihr geduldig beantwortet wurden.

Rodgar hatte noch ein Anliegen: „Ich will euch auch ein neues Mitglied in unserem Dorf vorstellen", er deutete auf Laif, „das ist Laif, der sich uns angeschlossen hat und eine große Hilfe beim Steuern des Piratenschiffes war." Die Männer sahen ihn zweifelnd an, bei den Frauen war das anders, die blickten interessiert auf den schmucken jungen Mann. Dem war das Aufsehen um seine Person peinlich und er setzte sich schnell wieder, nachdem Rodgar ihn aufgefordert hatte sich den Dörflern zu zeigen.

Fischer Fredo sagte an Norgert gerichtet: „Jetzt bist du dran, wie ist es euch ergangen auf der Heimfahrt?" Norgert war fast wieder der alte, die tiefen Bisswunden durch die Hunde waren fast verheilt, der Blutverlust ausgeglichen. Ohne seine Selbsthilfe und Rulfs Unterstützung hätte er den Angriff der Biester wohl mit dem Leben bezahlt. „Wir hatten keine Probleme bei der Heimfahrt, nur Imke hatte schreckliche Angst."

Imke nahm eine Ledertasche, welche sie gerade zur Hand hatte, und schlug sie ihm über den Kopf: „Ich werde es dir zeigen, Lügen zu erzählen. Du hast bestimmt mehr Angst gehabt als ich." Allgemeines Gelächter, alle wussten, das war nicht so ernst gemeint. Auch bei den Saxen galt schon der Spruch: Was sich liebt, neckt sich.

Norgert hatte wieder das Wort: „Einmal haben wir ein Schiff mit einem Segel gesehen und uns am Ufer versteckt. Ob es Piraten waren, wissen wir nicht. So sind wir unbehelligt in unseren Priel und nach Geest gekommen. Jetzt sage ich lieber nichts mehr sonst gibt es noch einmal Hiebe." Sieke eilte zum Vater: „Du sollst nicht wieder zu den Piraten gehen, sonst bin ich ganz traurig." Norgert drückte sie an sich und tröstete sie. „Ich bleibe jetzt bei dir, nur zum Fischen muss ich auf den Strom fahren mit Rulf." Damit war die Tochter zufrieden.

Die Neugier der Dörfler war noch nicht gestillt, jetzt wollten sie wissen, wie es den Fischern auf der Friesenwurt ergangen war und wie sie das Piratenschiff erbeutet hatten. Rodgar gab ausführlich Auskunft. Als sie hörten, dass Laif von den Piraten kam, wurde er misstrauisch gemustert, war das vielleicht ein Spion der Räuber, der sie verraten würde? Rodgar beruhigte die Gemüter und erzählte, dass er von den Piraten geraubt wurde und unter Zwang mitmachen musste.

Über das glückliche Ende des Besuches auf der Wurt und Rulfs Wahl seiner Gefährtin hatten sie schon gehört, es war wieder Zeit für einen kräftigen Schluck aus den Bierkrügen. Die Frauen schenkten nach. Fredos Tochter Iska half mit und sagte zu Geeske: „Morgen komme ich zu dir und zeige dir unser Dorf, Weiden und Felder."

Geral, der Geschichtenerzähler sollte noch eine Geschichte erzählen, war aber ermattet von den bestandenen Abenteuern und hatte einen starken Drang nach Weib und Bett: „Wenn wir uns das nächste Mal treffen, erzähle ich euch die Geschichte von dem Drachenstein", versprach er und die versammelte Dorfgemeinschaft war es zufrieden, nur die ganz Kleinen murrten, schliefen dann aber auf den Armen der Mütter oder Geschwister ein. Die Besucher verabschiedeten und bedankten sich bei Imke und Norgert. Geeske wurde tüchtig gedrückt und ihr Glück gewünscht.

Rulfs Stunde kam. Er hatte sich eine Überraschung für Geeske ausgedacht. „Geeske, ihr könnt hinten bei uns am Herdfeuer schlafen, ich habe Decken bereitgelegt", sagte Imke. Rulf winkte lächelnd ab: „Für unser Nachlager habe ich gesorgt, Mutter, wir schlafen im Heuschober neben dem Haus." Imke staunte, sieh an, der erwachsene Sohn: „Dann werde ich euch Decken für das Lager bereitlegen." „Schon geschehen, Mutter. Wir verschwinden jetzt und stören euch nicht." „Wer hier wohl wen stört", dachte die halb besorgte, halb erstaunte Mutter ob der Ideen des Sohnes.

Geeske stand daneben und wusste mit all dem nichts anzufangen. „du brauchst nicht zu helfen", sagte Imke als sie mit aufräumen wollte, „Ihr seid müde, legt euch in euer Heulager. Hoffentlich hat Rulf gut vorgesorgt." Das hatte er, wie sie kurz darauf feststellen konnte. Sie ließ ihm keine

Gelegenheit zu langem Palaver, sondern warf ihn in dem Schober rücklings auf das Lager.

Er lag einige Augenblicke regungslos, er war nur glücklich, sonst gab es nichts für ihn. Die bestandenen Abenteuer mit den Piraten und den Friesen, der Gewinn einer wunderschönen Gefährtin, die glückliche Heimkehr und die wohlbehalten wieder nach Hause gekommenen Eltern, alles flog in Gedanken an ihm vorbei, er war in diesem Moment einfach nur glücklich.

Erst das sehnsüchtige Knabbern an seinem Hals, an seinen Ohrläppchen machten ihn wieder wach für die Gegenwart: „Geeske, du Stürmische, ich bin so glücklich, du bist hier und willst meine Gefährtin sein." „Ja, ich bin hier und nun hör auf mit deinen Träumen …" Er gab keine Antwort, wälzte sich herum und lag neben ihr: „Du bekommst jetzt deinen Teil, warte nur."

Er streifte ihr die Kleidung ab, das ging so einfach, sie half nämlich mit und dann lagen die beiden Verliebten nebeneinander, Haut berührte Haut. Rulf spürte seine Männlichkeit, flüsterte ihr Zärtlichkeiten ins Ohr, frivole Zärtlichkeiten. Sie kicherte und liebkoste ihn. Die Zeit blieb stehen, sein Traum wurde wahr.

09
IN GEEST

Glück hilft nur manchmal,
Arbeit immer.
Friedrich Rückert (1788-1866)

Imke bereitete das übliche Frühstück, Hafergrütze mit
Fladenbrot. Für die Männer gab es einen gebratenen Fisch
dazu, damit sie satt wurden. Geeske erschien und wusch
sich den Schlaf aus den Augen am Hofbrunnen. „Gut
geschlafen?"; fragte Imke. „Sehr gut, ich war auch müde."

Imke sah sie prüfend an und sie wendete etwas verlegen
den Blick zur Seite: „Rulf wird wohl auch kommen, er
reckte und dehnte sich noch als ich aufstand." „Norgert ist
zur Weide, er will nach dem Vieh sehen. Sieke ist mit ihm
gegangen. Nachbarin Erma hat gemolken als wir weg
waren."

Rulf erschien und begrüßte die Mutter, Norgert und die
Tochter kamen zurück und man setzte sich vor das Haus
zum Frühstück. Imke rief Laif, der sich bescheiden im

Hintergrund gehalten hatte, Norgert sagte zu ihm: „Wir werden heute besprechen, wo du auf Dauer im Dorf bleiben kannst, und deine Aufgaben festlegen." Sieke wollte neben Geeske sitzen, das durfte sie natürlich. Die Gespräche während des Frühstücks gingen noch einmal um die vergangenen ereignisreichen Tage.

Norgert sagte: „Wir müssen das Schiff vor den Piraten verstecken, die wissen ja nicht, wo es liegt. Ich werde mit Rodgar besprechen, ob wir den Mast ausbauen und uns überlegen, wie wir das Schiff für unsere Zwecke umbauen." Rulf nickte: „Für den Rumpf sollten wir einen Graben ausheben, wo es auf ebenem Kiel liegt. Dann wäre es vom Strom aus nicht mehr zu sehen und sicher bei Hoch- und Niedrigwasser."

„Das hast du dir gut ausgedacht, Sohn. Ich werde es mit den Männern besprechen." Norgert und Imke staunten über die guten Vorschläge des Sohnes. Geeske sah ihn von der Seite begeistert an. Norgert dachte: „Beim nächsten Dorfthing werde ich ihn in den Kreis der Männer einladen."

Iska kam zu Geeske, sie wollte ihr das Dorf und Umgebung zeigen. „Geh nur mit Iska", sagte Imke, „wenn du zurückkommst, habe ich Arbeit für dich." Die Beiden entfernten sich unter lustigem Geplapper, Geeske hatte Rulf schnell noch einen tüchtigen Schmatzer aufgedrückt.

Norgert ging mit Rodgar zum Piratenschiff, Rulf und Laif schlossen sich ihnen an. Es war noch Hochwasser, das Schiff war aufgeschwommen, das Wasser lief aber mit dem Ebbstrom bereits wieder ab. Norgert zeigte auf das Ufer des Priels: „Hier machen wir bei Niedrigwasser einen Graben, in den wir das Schiff bei Hochwasser legen. Bei Niedrigwasser fällt der Graben trocken und das Schiff bleibt auf ebenem Kiel liegen." Rodgar nickte und sagte zu den jungen Leuten: „Ihr könnt anfangen zu schaufeln, wir schicken Freiwillige, die euch helfen. Ich sehe mir mit Norgert an, wie wir den Mast ausbauen können."

Für Rulf und Laif blieb noch etwas Zeit, sie holten sich Spaten und Schaufeln, setzten sich ins Gras am Ufer und blinzelten in die Sonne. Laif erzählte von seinem Leben bei den Piraten: „Ich war zehn Winter, als sie uns raubten, mein kleiner Bruder fünf. Die Eltern haben sie erschlagen und uns von unserer Insel Hooge verschleppt. Wir wollten zurück nach unserem zu Hause, aber sie haben uns so lange geschlagen, bis wir nichts mehr gesagt haben, nur auf ihr Kommando hörten. Meinen Bruder haben sie der Frau eines Piraten gegeben, er musste für sie arbeiten. Die Frau war kinderlos und er hatte es gut, litt aber unter Heimweh. Ich musste mit auf ihre Raubzüge. Der Anführer ließ mich nicht aus den Augen und hat mich gezwungen einen gefangenen Bauer mit einem Speer umzubringen. Er wollte mich damit ein Leben lang an die Räuberbande binden. Ich konnte darauf nicht schlafen und habe nachts geweint."

Er stockte von der Erinnerung geplagt. „Wo liegt die Insel, auf der sie sich verstecken?" fragte Rulf. „Mit dem Ebbstrom stromabwärts und dann noch ein Stück Richtung Sonnenuntergang, ungefähr fünf Stunden entfernt. Wie die Insel heißt, weiß ich nicht." „Könnte man deinen Bruder befreien?", fragte Rulf. Laif sah ihn fragend an, dieser Gedanke war ihm noch nie gekommen: „Wenn die Piraten auf Raubzug sind, bleiben meist nur zwei Männer als Wache zurück und natürlich die Frauen. Die beiden Männer fahren dann meistens mit einem Einbaum zum Fischen, auf der Insel passiert ja nichts. Das wäre eine Gelegenheit Godrik zu befreien. Ich habe nie gewagt daran zu denken." „Kann man einen Einbaum am

Ufer verstecken?", fragte Rulf. „Man muss im Dunkeln ankommen, dann weiß ich Stellen, da sind die Priele dicht bewachsen mit Buschwerk. Dort kann man einen Einbaum verstecken." „Wir sprechen heute Abend mit Vater darüber." Laif sah ihn erschrocken an: „Kaum bin ich hier und ihr habt mich aufgenommen, komme ich mit so einem Anliegen, ist das gut?" „Ich werde es Vater erklären", beruhigte ihn Rulf.

Er sah auf den Wasserstand: „Wir fangen an zu graben, das Wasser ist gefallen, bevor Vater kommt und uns ermahnt." Sie machten sich an die schwere Arbeit, der zähe Klei machte ihnen zu schaffen. Norgert kam mit zwei Fischern, die sie unterstützen sollten. Ein Graben von fünfundzwanzig Schritt Länge, sechs Schritt Breite, knapp mannstief musste ausgehoben werden, Eine Arbeit von etwa zehn Tagen, schätzte Norgert. So lange durfte das nicht dauern, bis sie Rulfs guten Vorschlag in die Tat umgesetzt hatten, die Piraten suchten bestimmt jeden Tag nach ihrem Schiff.

Bevor die jungen Leute weiter machten, änderte Norgert die Lage des Grabens landeinwärts an einen kleinen Seitenpriel. Dort war ein natürliches Bett des Wasserlaufs vorhanden, welcher in den Graben einbezogen werden konnte. Die Arbeit konnte hier in etwa vier Tagen erledigt werden.

Mit neuem Mut und Unterstützung durch die Fischer machten die Jungs sich an die Arbeit. Um die Mittagszeit brachte Sieke einen Krug mit frischem Brunnenwasser: „Essen gibt es heute Abend, Mutter backt Fisch und frisches Fladenbrot", und weg war sie wieder, über das frische Grün der Uferwiese zum Langhaus der Eltern. Sie löschten ihren Durst, Rulf sah auf die beiden Fischer: „Die machen keine Pause, komm lass uns weitermachen", sagte er leise zu Laif.

Am Abend hatten die vier Männer ein tüchtiges Stück geschafft, Rulf und Laif machten sich hungrig auf den Heimmarsch. Imke und Geeske bereiteten das Abendbrot, Fladenbrot war bereits gebacken. Iska stand am Herdfeuer und briet die ausgenommenen Fische. Sieke wich Geeske nicht von der Seite, sie wollte ihr Teil an Aufmerksamkeit von ihr haben. Rulf und Laif wurden begrüßt, Iska widmete sich Laif sehr aufmerksam. „Sieh an", dache Mutter Imke, „sollte sich da eine Liebschaft anbahnen?" „Es war sehr schön heute, ich habe viel Neues gesehen. Wir waren den ganzen Tag unterwegs, so lange war ich noch nie von dir weg", sagte sie zu Rulf, der sie liebevoll an sich drückte.

Norgert kam von Rodgar: „Morgen werden wir den Mast ausbauen, Rodgar und Geral helfen. Seid ihr fertig mit dem Graben?", fragte er scherzhaft, ohne eine Antwort zu erwarten, die Jungs lachten. Die Frauen brachten das Essen. Die Fischhälften lagen auf einer großen Holzplatte und waren mit würzigen Kräutern und Zwiebelringen garniert. Das Brot lag daneben auf dem Holztisch. Vor jedem der hungrigen Tischgäste stand ein Holzteller und eine hölzerne Gabel, gegessen wurde aber vorwiegend mit den Fingern. Auf einem Brettchen lag Salz, von dem sich jeder zum Würzen bedienen konnte. Es schmeckte einfach bestens, besonders unsere beiden Schlickschaufler langten tüchtig zu.

Die Frauen räumten ab, Rulf sagte zu Norgert: „Vater, wir wollen dich was fragen." Er erzählte, was er von Laif erfahren hatte und von seiner Idee den Jungen zu befreien. Norgert machte ein bedenkliches Gesicht: „Da riskiert ihr euer Leben und ich kann nicht zustimmen." „Laif kennt die Gewohnheiten der Piraten. Wir müssen die Tage nutzen, an denen keiner von ihnen auf der Insel ist." Er berichtete von der Frau, bei der der Bruder als Knecht arbeitet und dem Versteck für den Einbaum. „Wie viele von den Räubern sind denn noch auf der Insel?", fragte Norgert. „Es waren zweiundzwanzig, Acht haben sie verloren bei den Friesen, vier bei dem Schiff. Zehn fahren mit ihrem kleineren Schiff auf Raubzug und die beiden anderen gehen auf Fischfang. Bleiben die drei Frauen und Godrik", gab Laif Auskunft. Er wusste nicht, wann ihr nächster Raubzug sein würde.

Rodgar kam auf einen Schwatz am Abend, Geeske brachte einen Krug mit Bier, den Imke ihr gegeben hatte: „Die Männer haben eine Besprechung, da dürfen wir nicht stören", sagte sie zu Iska. Die jungen Frauen gingen zu Iskas Vater, der sich über die Unterhaltung durch das junge Volk freute.

„Die beiden jungen Leute haben eine wahnsinnige Idee", sagte Norgert zu Rodgar, „sie wollen Laifs Bruder bei den Piraten befreien." Er erzählt die ganze Geschichte, welche er von Laif und Rulf gehört hatte. Rodgar gefiel der Plan, den Bruder retten, den Piraten einen weiteren Schlag versetzen, das war nach seinem Geschmack: „Jungs, allein schafft ihr das nicht, ich gehe mit euch und wir holen deinen Bruder da raus." „Imke reißt mir die Haare vom Kopf, wenn ich das erlaube und was wird Geeske sagen?", Norgert war voller Zweifel.

„Zuerst müsst ihr den Graben fertig machen, dann reden wir weiter", Norgert sah Widerstand von Seiten der Frauen auf sich zukommen.

Er wollte Laifs dauernde Unterkunft im Dorf klären und fragte Rodgar: „Wo bringen wir Laif dauerhaft unter, hast du einen Vorschlag?" „Geral hat keinen Sohn, er könnte eine kräftige Hilfe auf seinem Hof gebrauchen." Sieke wurde zu Geral geschickt und der kam auch kurz danach, in Erwartung eines Umtrunks unter Männern. Als er zu dem Thema Laif befragt wurde, war er sofort bereit ihn aufzunehmen, wollte noch seine Gefährtin Thordis befragen. Laif nahm seine wenigen Sachen in einem Bündel und man begab sich zu seinem neuen zu Hause. Thordis war angetan von dem neuen Familienmitglied, bisher hatten sie eine Tochter im Alter von sechs Wintern.

Nach vier Tagen Arbeit war der Graben fertig und der Mast ausgebaut. Die Männer zogen das Schiff bei Hochwasser in den neuen Liegeplatz und verankerten es mit kräftigen Pfählen auf dem Gras des Ufers. Die Länge der Taue war so bemessen, dass das Schiff bei Niedrigwasser trockenfallen konnte. Es lag dann auf ebenem Kiel und war vom Strom aus nicht sichtbar.

10
BEFREIUNG

Wo viel Gefühl ist,
ist auch viel Leid.
Leonardo da Vinci (1452-1519)

Der Kahn von Norgert war in schneller Fahrt mit dem Ebbstrom bis zur Mündung des Stromes in das unendliche Meer gekommen. Die drei Insassen wendeten die Richtung nach Sonnenuntergang und griffen zu den Paddeln. „Tüchtig paddeln, Männer, damit wir bei Dunkelheit an unserem Ziel sind", rief Rodgar den beiden Jungs zu. Er hatte sich ihnen angeschlossen bei dem Versuch Laifs Bruder zu befreien. Wohl auch deswegen, weil Norgert das zur Bedingung gemacht hatte, ohne ihn wäre die Fahrt nicht erlaubt worden.

Imke, Geeske und auch Iska hatten mächtig protestiert, weil sie das Unternehmen als zu gefährlich ansahen. Geeske war wütend, Rulf ließ sie allein, ein zu kurzes Glück hatte sie bisher mit ihm erlebt. Die Teilnahme von

Rodgar und der Wille der jungen Männer die Fahrt durchzuführen, hatten schließlich den Ausschlag gegeben.

Die Meeresströmung trieb sie dem Ziel entgegen, unterstützt von den kräftigen Paddlern. Eine Insel kam in der beginnenden Dämmerung in Sicht. „Das ist die Oye der Piraten", meldete sich Laif zu Wort, „wir können auf das mit Büschen bestandene Ufer zu steuern, dann finden wir eine geschützte Stelle für unseren Kahn." So war es dann auch und sie machten den Kahn unter dichtem Buschwerk fest.

Laif und Rodgar wühlten sich durch den dichten Busch und standen vor einer mannshohen Düne, die mit Strandhafer bewachsen war, Rulf blieb beim Kahn und nutzte die Gelegenheit zu einem kleinen Imbiss, der freilich nur aus Fladenbrot und einer gebratenen Fleischscheibe bestand. Laif spähte vorsichtig über den Dünenrand und winkte Rodgar zu sich heran. In einiger Entfernung waren fünf Katen zusehen, in der Mitte war ein freier Platz, auf dem ein Feuer brannte. Jüngere Männer standen herum sangen Lieder mit wildem Gegröle und tranken aus Krügen, offenbar Bier. Drei Frauen standen etwas abseits und sahen dem lärmenden Treiben zu.

Laif flüsterte mit Rodgar: „Die feiern einen gelungenen Raubzug, das ist nicht gut für unseren Plan. Die nächsten Tage bleiben sie bestimmt auf der Insel." Er holte Rulf, der sich das auch ansehen sollte. „Stellen die nachts Wachen auf?", fragte der. „Nein, das habe ich nie erlebt. Jetzt, wo sie feiern und vielleicht betrunken sind, werden die tief und fest schlafen."

Rodgar fragte: „Wo ist dein Bruder?" „Ich habe schon nach ihm Ausschau gehalten, ihn aber nicht entdeckt. Er schläft sonst in der zweiten Hütte." Ein Junge kam aus dieser Hütte und stellte den Männern einen großen Krug hin, wohl mit Bier. „Das ist er", sagte Laif, erleichtert den Bruder zu sehen. Als Godrik zurück zur Hütte gehen wollte, hielten die Piraten ihn fest, setzten ihm einen Becher mit Bier an die Lippen, von dem er mühsam einige Schlucke trank: „Du musst lernen Bier zu trinken, sollst mal ein richtiger Pirat werden, einer von uns", als er sich aus ihren Griffen wandte, ließen sie ihn lachend laufen.

Unsere drei Freunde aus Geest ließen sich hinter der Düne in den Strandhafer fallen und hielten Kriegsrat. Rodgar sagte: „Wir können entweder warten, bis die Bande auf Raubzug geht, oder wir schlagen diese Nacht zu. Was meinst du, wann ziehen die wieder los?", wandte er sich an Laif. „Ich glaube, die haben auch ein oder zwei Gefangene mitgebracht, die sie erst als Sklaven verkaufen wollen. Dazu fahren sie meistens zu Dritt zu den Jüten an den Strom Albis und das kann einige Tage dauern."

„Dann hätten wir es hier immer noch mit einer Übermacht zu tun, außerdem weißt du nicht, wann das sein wird." Leise Stimmen waren vor der Düne zu hören, Rodgar und die beiden Jungs zogen sich lautlos in dichtes Buschwerk Richtung Kahn zurück. Auf der Düne erschienen zwei Personen, welche sich an ihrem Beobachtungsort niedersetzten. Es war ein Pirat mit einer der Frauen. Der Mann drang auf die junge Frau ein und wollte sie umarmen: „Hör auf, du riechst nach Bier, pfui", sagte sie, „außerdem musst du dich erst mal waschen, bevor du mit mir anbändeln willst."

Der Pirat rülpste laut und die Frau lief weg, Richtung Dorfplatz, er folgte ihr langsam. „Die sind wir erst mal los", sagte Rodgar leise zu seinen Mitstreitern, „was werden die Frauen alles auszustehen haben bei den Rohlingen." Rulf meldete sich zu Wort: „Das Beste wird sein, wir rauben den Jungen noch heute Nacht und flüchten mit dem Flutstrom Richtung Geest." „Das wird aber knapp mit dem Flutstrom:" „Der Schipper hat recht", sagte Rodgar auf Laifs Einwand. Er nannte ihn Schipper, seit seinen erwiesenen Steuerkünsten mit dem Piratenschiff, und so war es, Laif stand an der Pinne seinen Mann, trotz seiner gerade Mal fünfzehn Winter.

„Den Flutstrom brauchen wir sonst kommen wir nicht rechtzeitig nach Hause. Notfalls müssen wir uns bis zur nächsten Tide in einem Priel verstecken. Sobald es ruhig wird auf dem Platz schleichen wir zu der Hütte und holen den Jungen. Wer schläft noch dort?", fragte Rodgar. „Nur die Frau und Godrik. In der Hütte wird für die ganze Räuberbande gekocht, da ist kein Platz für weitere Schläfer", gab Schipper Auskunft.

Rulf hatte noch eine Idee: „Wir könnten das Schiff der Piraten suchen und leck schlagen, dann könnten sie uns nicht verfolgen." „Die haben mehrere Schiffe oder Kähne, wir können nicht alle unbrauchbar machen. Da ist die Gefahr groß, dass sie uns entdecken. Außerdem werden die so spät wach, da müssen sie auf die nächste Flut warten."

Als der Lärm von den Piraten verstummt und das Feuer fast heruntergebrannt war, schickte Rodgar den Schipper auf Kundschaft. „du gehst über den Platz, als ob du noch hier wärst und spähst aus, ob die Radaubrüder alle schlafen. Dann kommst du zurück und wir beide gehen noch einmal zusammen hin und in die Hütte. Rulf, du bleibst hier bei dem Kahn", gab er den weiteren Ablauf an. „Ich kenne die Frau, sie heißt Fehild und ich war anfangs auch bei ihr untergebracht. Sie war wie eine gute Mutter für Godrik und mich", sagte Laif.

Laif ging zu dem Platz, machte die Runde an allen Hütten vorbei, horchte an Türen und Fensterluken und kam wieder zurück. „Außer allgemeinem Schnarchen ist nichts zu hören." Rulf blieb hinter der Düne liegen, Rodgar und Laif gingen einen Umweg und näherten sich der zweiten Hütte von hinten.

„du gehst erst allein rein, weckst die Frau und sagst ihr, kein Laut, du bist Laif und willst deinen Bruder holen. Falls sie Alarm schlagen will, halte ihr den Mund zu und drohe ihr mit dem Messer. Ich wache vor der Tür und hole dann den Jungen." Rodgar stand an der Tür im Mondschatten der Hütte. Laif verschwand in der Hütte.

Er brauchte einige Augenblicke, um sich zu orientieren und die Augen an die Dunkelheit zu gewöhnen. Dann kniete er neben der Frau nieder und berührte sie leicht am Arm. „Ich wurde wach als du hereinkamst und habe dich gleich erkannt trotz der Dunkelheit." Sie strich ihm zärtlich über das Gesicht: „Wir wollen Godrik holen." Rodgar kam herein, Fehild klammerte sich ängstlich an Laif: „Du musst mich mitnehmen, ich will weg von den Unholden." Laif erschrak, das konnte ihren ganzen Plan zunichtemachen.

Rodgar hatte den Jungen auf den Arm genommen und hielt dem heftig strampelnden mit einer Hand den Mund zu. Laif flüsterte ihm ins Ohr: „Ich bin Laif, dein Bruder, wir wollen dich retten." Godrik starrte ihn mit aufgerissenen Augen im schwachen Mondlicht an. Dann ging ein Lächeln über sein Gesicht und er streckte die Arme nach dem Bruder aus.

„Sieh nach, ob draußen alles sicher ist", sagte Rodgar, Laif spähte aus der Haustür „ich trage den Jungen zum Kahn." Er verschwand, Laif folgte ihm. Auf dem Weg zur Düne sah er sich um, drei Schritte hinter ihm kam Fehild mit einem Bündel unter dem Arm. Rodgar sah auf die Frau und sagte: „Die können wir aber nicht mitnehmen." „Sie wollte nicht auf mich hören und ist einfach hinter mir hergelaufen", verteidigte sich Laif.

Sie stand mit gesenktem Kopf vor den beiden Männern, Tränen liefen ihre Wangen herunter. Godrik stürzte auf sie zu und sagte: „Mutter." Das gab den Ausschlag, die Männer zogen sie durch den dichten Busch zum Kahn. „Wer ist das?", fragte der erstaunte Rulf. „Unsere Mutter", antwortete der Schipper. Es durfte keine Zeit verloren werden, vorne im Kahn saß Rodgar, dahinter Godrik, Fehild, Rulf und ganz hinten der Schipper.

„Kräftig paddeln, Männer, wir müssen vor Stauwasser in den Flutstrom kommen, damit wir Vorsprung vor unseren Verfolgern haben." Fehild und Godrik bekamen auch Paddel, die zur festen Ausrüstung des Kahns gehörten. Sie paddelten bis zur Erschöpfung. Das Mondlicht genügte zur Orientierung auf den Fluten, Schipper zeigte sein ganzes Geschick im Umgang mit der Pinne. Nach einer Stunde spürten sie den Druck der Wogen Richtung Mündung der Wissuhr.

11
GEFÄHRLICHER HEIMWEG

Der Untergang des Menschen ist der Mensch.
Bert Brecht (1898-1956)

Rodgar entschied nach einer weiteren Stunde ein Versteck zu suchen, da von dem Flutstrom nichts mehr zu spüren war, Stauwasser war eingetreten und der Tag begann zu dämmern. Bestimmt war das Verschwinden von Fehild und Godrik jetzt bei Tagesanbruch bemerkt worden und die Piraten würden sich auf die Verfolgung machen. Da sie das Segel des Schiffes setzen konnten, waren sie nicht unbedingt auf den Flutstrom angewiesen und konnten bei günstigem Wind die Verfolgten einholen, wenn sie die Richtung Strom aufgenommen hatten.

Schipper steuerte geschickt in einen durch Busch verdeckten Priel, der vom Strom her kaum sichtbar war. Blätter umschmeichelten sie, für Augenblicke fühlten sie sich geborgen unter den grünen Blätterdach. An einer

Schwarzerle mit bis auf das Wasser herabhängendem Ast- und Blattwerk machten sie den Kahn fest. Auch ein auf dem Priel vorbeifahrender Einbaum konnte sie jetzt nicht mehr sehen.

Nachdem sie sich gestärkt hatten, schickte Rodgar Rulf als Späher an den Strom zurück. „Verbirg dich in den Uferbüschen, damit sie dich auf keinen Fall sehen können. Wenn du ein Segel oder das Schiff siehst, kommst du sofort zurück." Rulf nickte und verschwand mit seinem Fischspeer, ohne den er sich nackt und bloß, einfach hilf- und schutzlos vorkam.

Er war sehr zufrieden mit seinen beiden jungen Leuten, sie hatten sich bis jetzt hervorragend bewährt. Es war Zeit sich den Flüchtlingen zu widmen. Der Junge saß eng an Fehild gelehnt hinter ihm im Kahn. Er machte einen ruhigen Eindruck, die Ersatzmutter tat ihm gut. Die Frau hatte er sich noch nicht genauer angesehen. Sie war eine hübsche junge Frau von etwa fünfundzwanzig Wintern. Wie Laif ihm erzählt hatte, war sie zu Anfang ihrer Zeit bei den Piraten die Favoritin des Anführers gewesen, der sie später gegen eine andere ausgetauscht hatte.

Laif und Godrik hingen mit großer Zuneigung an ihr, sie war ihnen Mutterersatz gewesen. Er fragte sie: „Wo kommst du her und wo willst du hin?" Sieh sah ihn lange an, ohne zu antworten: „Ich weiß es nicht, ich bin heimatlos. Meine Eltern haben die Piraten erschlagen, genau wie Laifs und Godriks Eltern als sie uns raubten." Sie mussten im Kahn sitzen bleiben gegen Sicht geschützt. Er drehte sich um, da er mit ihr sprechen wollte.

„Wo war euer zu Hause?" „Auf einer Oye weit im Nebelland, ich glaube es ist die gleiche Insel, wie die von Laif und Godrik. Wenn ich dich hinführen sollte, ich würde es nicht finden."

Rulf kam angerannt: „Ein Segel stromabwärts." Rodgar schickte Laif mit an das Ufer des Stromes, der kannte das Schiff und sollte berichten, ob es das Piratenschiff oder ein fremdes wäre. Rodgar blieb bei dem Kahn, er fand Gefallen an der jungen Frau. Sie sprach frei und voller Vernunft mit ihm. Sie gefiel ihm auch als Mann, in sein Haus durfte er sie nicht aufnehmen. Das hätte Konflikte für ihn und natürlich auch für seine Gefährtin Erma bedeutet. Da musste er sich zusammen mit Norgert etwas Passendes einfallen lassen. Jetzt hatten die Tagesgefahren Vorrang und gut nach Geest kommen, das mussten sie auch noch.

Als die Sonne am höchsten stand, kam Laif zurück: „Es war nicht das Piratenschiff, sondern ein fremdes Schiff mit vier Fischern, welche ein Netz hinter sich herzogen. Außer zwei Einbäumen am jenseitigen Ufer, haben wir sonst nichts gesehen. Der Ebbstrom ist vorbei und die Flut beginnt, wenn wir die ausnutzen wollen, müssen wir aufbrechen." „Ich gehe zu Rulf und will mir den Strom selbst ansehen. Du machst mit Fehild und Godrik den Kahn fertig, ihr müsst ihn auch wenden. Das wird knapp bei dem schmalen Priel. Wenn ihr das alleine nicht schafft, wartet, bis wir zurück sind." Laif sah seine Mitstreiter an: „Und ob wir das schaffen!" Die Beiden nickten zustimmend mit dem Kopf.

Rodgar musste schmunzeln ob dieser Zuversicht: „Die sind richtig", dachte er. In wenigen Augenblicken war er bei Rulf, der sich langweilte, es geschah nichts. Vor ihnen lag die weite Wasserfläche des Stromes, der aufzulaufen begann, unterstützt von einem leichten Wind aus Richtung Sonnenuntergang. „Wir wollen weiter, Rulf, was sagst du dazu?" „Lass uns mit dem Schipper sprechen, der soll auch seine Meinung sagen." Nach einem letzten prüfenden Blick über die ganze Weite des Stromes, gingen sie zurück zu ihrem Kahn.

Laif stand bis zu den Hüften im Wasser des Schlickufers und mühte sich mit dem Kahn ab, seine beiden Mitstreiter halfen nach besten Kräften und fast hatten sie es geschafft. Die Schwierigkeit ergab sich aus der Länge des Kahn, welche etwas größer war als die Breite des Priels. Aber bald war es geschafft und der Kahn bereit zur Ausfahrt aus dem Priel. Aus lauter Übermut schubste Rulf den Schipper zum Schluss noch in die trübe Brühe: „Wann hast du dich das letzte Mal gewaschen?", rief er ihm zu. Aber Schipper hatte auch noch eine Überraschung bereit. Er zog sich das Hemd aus und legte es zum Trocknen auf die Uferwiese. Dann sprang er mit einem unverhofften Satz auf Rulf zu, umklammert und riss ihn noch einmal mit in die braunen Fluten. Rodgar musste tüchtig lachen: „Jetzt seid ihr beide frisch gewaschen." Fehild und Godrik blickten erschrocken auf die Szenen und erkannten erst spät, dass hier Spaß und jugendlicher Übermut am Werk waren.

Alle nahmen ihre Plätze ein und mit großer Vorsicht näherten sie sich der Mündung des Priels in den Strom. Kein anderes Schiff oder Kahn war zu sehen, der Schipper lenkte den Kahn in den Flutstrom, der sie in das heimatliche Dorf bringen sollte.

Auf der Wurt von Oddo dem Friesen herrschte seit dem frühen Morgen reges Treiben. Er wollte mit seinen beiden Söhnen zum Fischen fahren, dabei ein Netz auslegen, die Reusen kontrollieren und mit dem Fischspeer auf große Beute jagen. Sie trugen Netz, Paddel und andere Ausrüstung zu ihrem Kahn, der nicht weit entfernt in einem Priel lag. Der Alte setzte sich hinten in den Kahn und übernahm das Steuern an der Pinne. Paddeln mussten die jetzt schon erwachsenen Söhne, und zwar kräftig! Bald waren sie auf dem Strom, dessen Flut schon mächtig an dem Kahn schob. Sie leerten zunächst die Reusen an der Schlickkante und machten reichlich Beute. Das Netz wurde ausgelegt und mit Stöcken im ufernahen Grund des Stromes verankert. Das lief alles genauso ab wie bei den benachbarten Saxen und hatte sich über viele Generationen bewährt. Auch das Fischen mit dem Speer war allgemein an der Küste und besonders in den Mündungen der großen Ströme, üblich.

„Dort ist ein Schiff", rief Giso, der ältere Sohn, „ich sehe fünf Männer an Bord." Es war ein kleines Schiff, etwa zwölf Schritt lang, mit einem Mast und einem rechteckigen Segel. Das Segel war gesetzt und das Schiff kam gut voran Richtung stromaufwärts bei dem herrschenden raumen Wind.

„Die verfolgen einen Kahn", rief sein Bruder Enno, „der flüchtet in Ufernähe. Die meinen, dort kann das Schiff nicht hin." Oddo hatte bisher zu diesem Thema geschwiegen: „Das können Piraten sein auf dem Schiff."

„Ja, das Schiff hat die gleiche Bauart wie das Piratenschiff aus unserem Priel, welches die Saxen erbeutet haben. Es ist nur etwas kürzer", war Gisos Meinung. Oddo entschied: „Denen im Kahn helfen wir, die auf dem Schiff sind zu fünft, mit denen werden wir fertig und können noch Beute machen."

Oddo dachte noch weiter, wenn das wirklich Piraten waren, er zweifelte nicht mehr daran, dann war es nur richtig, ihnen einen Schlag zu versetzen. Die raubten Reusen aus, störten den Handel auf der Oye Sand und gefährdeten sie auf ihren Wurten. Nach den Verlusten, welche sie auf der Oye und auf seiner Wurt erlitten hatten, würden sie sich von einem weiteren Schlag nicht so leicht erholen. Sie waren jetzt schon knapp mit Kämpfern, das zeigte die schwache Bemannung des Schiffes mit nur fünf Leuten. „Drauf auf sie", rief Oddo und der Friesenkahn steuerte in schneller Fahrt von der Seite auf das Schiff zu.

Auf dem Kahn mit den Saxen und den befreiten Gefangenen hatte als Erste Fehild das Schiff bemerkt. „Die Piraten sind hinter uns", rief sie. Rodgar sah das Schiff jetzt ebenfalls: „Auf flache Stellen nach dem Ufer steuern, da können sie uns nicht folgen", rief er Laif zu, „und tüchtig paddeln." Mit Erschrecken erkannte dieser, das ist das Piratenschiff.

Das Schiff kam näher und ließ sich auch durch das flache Wasser nicht abschrecken. Als es etwa auf zwanzig Schritt herangekommen war, warfen die Piraten einen Enterhaken, welcher dem Schipper eine blutende Wunde am Bein zufügte und sich an dem stromseitigen Bord des Kahns verhakte. Die Piraten hatten den Kahn schon bis auf zehn Schritt an ihr Schiff herangezogen, als es Rulf gelang das Tau, mit dem der Enterhaken mit dem Schiff verbunden war, mit einem Schwerthieb durchzuhauen.

Zwei der Piraten waren schon ins flache Wasser gesprungen und stürmten auf den Kahn zu. Rodgar erhob sich und stach dem ersten mit seinem Fischspeer in den Leib. Fehild schlug dem anderen Piraten ihr Paddel mit der schmalen Kante gegen den Kopf. Ein grässliches Geräusch, wie wenn morsches Holz bricht, war zu hören. Dann kam unerwartete Hilfe, ein Kahn mit drei Fischern lief auf das Schiff zu und bedrängte die drei verbliebenen Räuber.

Rulf jubelte als er seinen Schwiegervater und Geeskes Brüder erkannte: „Oddo, du Retter." Der dicke Friese hörte nicht, er war mit dem Kapern des Schiffes beschäftigt. Die Piraten hatten keine Chance, zwei von ihnen lagen tot in der auflaufenden Flut und würden bald ein Opfer der vielen gierigen Fische sein. Die restlichen drei wurden von den Friesen einfach über Bord nach der Stromseite gefegt und das Schiff gehörte ihnen.

Giso machte den Vater darauf aufmerksam, dass der Lebensgefährte von Geeske auf dem anderen Kahn zusammen mit Laif und Rodgar aus dem Saxendorf war. Der Alte staunte: „Das ist gut, da haben wir was zu feiern." Er sprang ins flache Wasser, riss Rulf aus seinem Sitz und zog ihn ebenfalls in die braune Brühe. Große Freude bei den Saxen, als auch bei den Befreiten und den Friesen. Die Gefahr durch die Piraten war gebannt, der Heimkehr nach Geest stand nichts mehr im Wege.

1 2
DAS FEST

Lebe, die Welt wartet.
Andreas Altmann (1949)

Nachdem Oddo seinen Schwiegersohn tüchtig abgedrückt und auch einige feuchte Küsse liebevoll angebracht hatte, machte Rodgar einen Vorschlag: „Ihr kommt mit nach Geest, unsere Rettung wird gefeiert." Der triefnass im Watt stehende Oddo war sofort dabei: „Da seht ihr auch eure geliebte Schwester wieder", rief er an seine Söhne gerichtet. Die freuten sich auf ein Fest, das mit der Schwester war nicht so wichtig. Mit ihr hatten die Beiden sich oft genug in den Haaren gelegen

Fehild machte einen Kräuterverband um Laifs Beinwunde. „Was machen wir mit dem Piratenschiff?", fragte er. „Wir nehmen es mit nach eurem Dorf, unseren Kahn binden wir hinten an", wusste Giso Rat. „Schipper, dann musst du auf dem Schiff mitsegeln und das Steuern übernehmen", Rodgar dachte praktisch. Oddo hatte noch ein Thema: „Enno, du musst nach Hause zu Mutter und ihr Bescheid sagen, dass wir zwei Tage später wieder kommen."

Im Normalfall war Oddo als Vater eine Autorität, Widerspruch gab es nicht. Nicht so in diesem Ausnahmefall: „Nein, ich gehe mit zu den Saxen, wenn wir zurück sind, kannst du wieder befehlen, Vater", war seine Antwort. Solch Gelegenheiten durfte man sich nicht entgehen lassen, Abwechslung war bei dem arbeitsreichen Leben auf den Wurten eher selten. Der Alte grinste etwas säuerlich, gab sich aber mit dieser aufsässigen Antwort zufrieden. Wie oft schon mussten Mütter in Ungewissheit zu Hause auf ihr Männer oder Söhne warten? Jetzt war auch Egga an der Reihe.

„Wo kommt ihr denn her?", fragte Oddo. Rodgar antwortete: „Laif, wir nennen ihn Schipper, hat uns zur Pirateninsel geführt. Dort haben wir seinen Bruder und ihre Mutter befreit." Der Junge saß, verängstigt von dem Kampfgetümmel, vor Fehild, die von den Friesensöhnen mit bewunderten Blicken gemustert wurde. Auch der grobe Oddo warf begehrliche Blicke nach der jungen Frau mit der weiblichen Figur, die auch unter ihrem unscheinbaren Gewand erkennbar war, so eine junge Mutter, war das überhaupt möglich?

Rulf erbot sich zur Wurt zu gehen, Edda Nachricht zu geben und zu Fuß nachzukommen. Rodgar lehnte ab: „Du setzt dich hinten an die Pinne in unserem Kahn, Schipper geht ja auf das Schiff. Wir wollen den letzten Rest des Weges nicht leichtnehmen. Außerdem reißt mir Geeske den Kopf ab, wenn wir ohne dich zurückkommen." Damit war auch diese Frage geklärt.

Giso und Enno banden ihren Kahn hinten an das Schiff. Das geplante Fischen musste heute ausfallen. Da

Laifs Beinwunde nicht mit dem trüben Brackwasser in Berührung kommen durfte, nahm Oddo ihn auf die Schulter und trug ihn zum Schiff. Dort setzte er sich an die Pinne und erklärte den Friesensöhnen wie das Segel gesetzt werden musste, welches die Piraten eingeholt hatten. Von den drei über Bord geworfenen Räubern war nichts mehr zu sehen, wahrscheinlich waren sie ertrunken und von der Strömung abgetrieben worden.

Bevor es weitergehen sollte, wollten sich die wackeren Kämpfer mit einem Frühstück stärken. Das Schiff war mit der Strömung schon etwas abgetrieben. Es wurde mit dem Bordanker festgemacht und die beiden Kähne danebengelegt. Alle stiegen auf das Schiff, wo Kapitän Oddo versuchte sich von seinen Schlickresten zu befreien. Er war dabei nicht zimperlich und zeigte den Saxen das blanke Hinterteil. Fehild drehte sich und Godrik um und sah in eine andere Richtung. Die Männer mussten herzlich lachen, dachten sich weiter nichts dabei.

Giso und Oddo sorgten für eine kräftige Stärkung, die Vorräte der Saxen waren aufgebraucht. Es gab gebratene dünne Fleischstücke, einen Berg mit Fladenbrot und geräucherte Fischhälften, dazu Gurken. Als Getränk gab es einen Krug mit Bier, der herumgereicht wurde und aus dem alle einen tüchtigen Schluck nahmen. Nur Fehild und Godrik schmeckte das nicht, sie bedienten sich aus dem Wasserschlauch, der noch an Bord ihres Kahns halb gefüllt vorhanden war.

In Geest wartete man voller Unruhe auf die Männer, welche zur Pirateninsel ausgezogen waren. Häuptling Norgert spürte die vorwurfsvollen Blicke von Imke und Geeske, nur Erma, Rodgars Gefährtin glaubte ohne Zweifel an eine glückliche Rückkehr ihres Gefährten, sowie Rulf und Laif. Sie kam zu Imke, nahm die traurige

Geeske in den Arm und sprach ihr Mut zu. Geeske ging zu Iska, die auf Laif wartete, in Fredos Langhaus. Sie setzten sich auf eine Bank vor dem Haus und sprachen leise miteinander.

Iskas Vater kam: „Auf der Weide Richtung Mittagssonne laufen vier Schafe. Nehmt euch Stricke mit und holt sie hierher, die müssen geschoren werden." Jetzt hatten sie eine Aufgabe, welche sie von ihrer Grübelei ablenkte. Hinter dem Langhaus begannen die Weiden schon. Warme Sonnenstrahlen umspielten Arme und Beine, das Gras schmeichelte den nackten Füßen. Ab und an sprang ein Frosch vor ihnen hoch und flüchtete, Wildbienen und allerlei Insekten schwirrten durch die Luft. Ein Feldlerchenpaar stieg mit jubelndem Triller vor ihnen in die Höhe, blieb mit flatternden Flügeln stehen, um sich dann entfernt von den Mädchen wieder in die Tiefe zu stürzen

„Da ist bestimmt ihr Nest, sie wollen uns weglocken", sagte Iska. Sie blickten suchend über das Gras und entdeckten eine fein ausgeformte Nestmulde, aus der sich ihnen gut versteckt fünf Schnäbel entgegenreckten, als ihre Schatten darüber fielen. „Schnell weiter, damit wir sie nicht stören", sagte Geeske.

Sie kamen zur Weide und die Schafe kamen ihnen neugierig entgegen. Als sie angebunden werden sollten, liefen sie weg, das mochten sie nicht. Es war ein Stück Arbeit und einige hin und her Rennerei, bis alle vier mit einem Strick um den Hals eingefangen waren. Die erfolgreichen Schafhirtinnen setzten sich ins Gras, je zwei Tiere am Strick in der Hand und träumten in den blauen Himmel hinein. „Auf nach Hause", mahnte Iska schließlich, „mein strenger Vater wartet", fügte sie lachend hinzu und schwatzend und lachend machten sie sich auf den Heimweg. Die widerspenstigen Schafe zogen sie hinter sich her.

Im Dorf herrschte große Aufregung, ein Schiff war in ihren schmalen Priel gefahren und hatte noch zwei Kähne hinter sich hergezogen. Die Männer eilten mit ihren Speeren zur Anlegestelle und was für ein Jubel als sie Rodgar und Rulf erkannten. Dann drängte sich auch noch der dicke Oddo vor und rief laut nach seiner Tochter. Inzwischen waren Frauen und Kinder dazu gekommen, Imke schickte Tochter Sieke zu Frodo, sie sollte die beiden Mädchen holen.

So weit brauchte sie nicht zu laufen, die kamen ihr schon entgegengerannt. Trotz allem Ärger über seine Teilnahme an der Fahrt zur Pirateninsel, Geeske konnte nicht anders, sie stürmte an allen Dörflern vorbei und warf sich ihrem geliebten Rulf in die Arme. „Endlich bist du wieder hier, ich sollte kein Wort mit dir reden, aber jetzt bin ich froh, du bist wieder bei mir." Vater Oddo riss sie Rulf aus den Armen, schwenkte sie herum und liebkoste sie herzlich. Er war bei aller rauen Schale ein Familienmensch.

Geeske riss erstaunt die Augen auf: „Vater, wo kommst du denn her?", war ihre erstaunte Frage. „Immer wenn die jungen Leute mich brauchen, bin ich da", sagte der Alte stolz. Nach dem Schiff wollte sie noch fragen, auf dem sie ihre Brüder entdeckt hatte, aber Rodgar rief mit lauter Stimme dazwischen: „Liebe Freunde, kommt bei Einbruch der Dunkelheit in unser Langhaus, es gibt viel zu berichten. Wir wollen euch auch unsere neuen Besucher vorstellen. Jetzt müssen wir das Schiff und die Kähne festmachen und entladen. Nachher haben wir Zeit für euch. Bringt etwas zu essen mit, so schnell können wir das nicht schaffen." Geeske begrüßte die Brüder, sie freute sich, dass Giso und Enno dabei waren. Iska lief zu Laif und begrüßte ihn freudig, freilich nicht so stürmisch wie Geeske das bei Rulf gemacht hatte, noch war kein Wort über ihre Verbindung gesprochen worden, Zuneigung war da. Große Freude auch bei ihm. Erschrocken bemerkte sie seine Beinwunde, er konnte sie beruhigen: „Das ist nicht so schlimm. Du musst dich neben mich setzen heute Abend", sagte er noch, dann hatte Thordis ihn zu ihrem Langhaus gezogen, um die Wunde ordentlich zu versorgen.

Und so kam es, dass gegen Abend alle Dorfbewohner sich im Langhaus von Rodgar einfanden. Der hatte seine Gefährtin mit der Einladung an die Dorfgemeinschaft überrascht, doch die Nachbarn, vorneweg Norgert, halfen und alles war rechtzeitig vorbereitet.

Geral versammelte alle Besucher neben dem Haus um einen kleinen Altar. Im Dorf gab es keinen Seher, welcher die Zwiesprache mit den Göttern führte, er war so weit wortkundig, dass er dieses Amt übernehmen konnte. Missachtung der Allmächtigen konnten sich die Dorfbewohner nicht leisten, Donnergott Thor hätte sich mit Blitz und Unwetter, Allvater Wotan mit Krieg und Feindschaft gerächt.

Rodgar entzündete ein Feuer auf dem Altar, ein Hahn musste sein Leben lassen und Geral verteilte sein Blut in den Flammen. Er reckte seinen heiligen Stab, der mit Runen bedeckt war, mit beiden Händen gegen den Himmel und rief Allvater Wotan an:

„Wotan, allmächtiger Herrscher über die Welten,
Behüte unser Dorf vor Feinden und Hungersnot,
Schenke uns deinen Segen, strafe unsere Feinde.
Wir danken dir für die Rettung
Unserer Männer vor den Piraten.

Gib uns Kraft im Kampf gegen unsere Feinde,
Reiche Beute auf dem Strom,
Lasse unser Vieh gedeihen,
Unsere Söhne groß und stark werden."

Er hielt den Stab weiter hochgereckt und blieb in stumme Zwiesprache mit dem Allmächtigen versunken. Kein Laut, keine Bewegung ringsum, alle waren überzeugt davon, jetzt war der Weltenherrscher ihrem Dorf ganz nahe.

Geral ließ den Stab sinken, spritzte restliches Blut des Opfertieres in das Feuer und erledigte eine weitere Pflicht, er rief Donnergott Thor an, den Herrn über Blitz und Donner, über Sturm und Regen:

„Großer mächtiger Thor
Herr über Blitz und Donner,
Schenke uns deinen Segen,
Lasse unsere Weiden grün und saftig gedeihen,
Unsere Gerste volle Ernte tragen.
Beschütze uns auf dem Strom,
Die Wellen mögen sanft bleiben
Und die Reusen und Netze reiche Beute bringen."

Wieder blieb er mit erhobenem Stab in stumme Zwiesprache mit dem Retter der Menschen vor Ungeheuern und Riesen versunken. Dann ließ er ermattet die Arme sinken und Rodgar gab das Zeichen, sich in das Langhaus zu setzen.

Im Haus war dann ein fröhliches Stimmengewirr zu hören, jeder wollte seinem Sitznachbarn etwas erzählen, oder Neues erfahren. Geeske und Rulf saßen eng aneinandergedrängt, ebenso Iska und der Schipper, neben dem Bruder Godrik und Mutter Fehild saßen. Oddos Sohn Giso warf begehrliche Blicke auf die hübsche junge Frau.

Norgert als Häuptling sprach zu der Versammlung, begrüßte die befreiten Neuankömmlinge und die Besucher von der Friesenwurt. Dann gab er das Wort an Rodgar, der sollte von den bestandenen Abenteuern und der glücklichen Heimkehr erzählen.

Das tat er dann auch und alle hörten gespannt zu. Dabei wurde Laifs neuer Name Schipper, nennen wir ihn den Dorfnamen, allgemein bekannt. Rodgar lobte ihn, ob seiner Leistungen an der Pinne von Kahn und Schiff. Es war eine spannende Geschichte, welche er erzählte und manch einer schüttelte den Kopf, wie konnte man nur so ein Wagnis eingehen?

Dann die glückliche Fügung, dass Oddo mit Söhnen ihnen begegnet war, im Kampf gegen die Piraten geholfen und das Piratenschiff erobert hatte. Zu Recht hatte Geral den Göttern für ihren Schutz gedankt. Rodgar ging zu Laifs Bruder Godrik, hob ihn auf den Arm und rief den Dörflern zu: „Das ist Godrik, der Bruder von Laif, dem Schipper, den haben wir von der Pirateninsel befreit und wollen ihn in unserem Dorf aufnehmen." Er brachte ihn zu Laif zurück und nahm Fehild an der Hand, stellte sich vor die Versammlung und rief in den einsetzenden Redeschwall: „Noch jemand haben wir mitgebracht, das ist Fehild. Sie hat in den Jahren der Gefangenschaft die Mutterstelle an den Brüdern vertreten. Sie wollten sich nicht von ihr trennen und wir werden einen Platz in unserer Dorfgemeinschaft für sie finden." Fehild machte die Runde unter den Frauen, beantwortete Fragen und wechselte mit jeder ein paar Worte. Die Männer bestaunten die hübsche Frau und manch einer dachte: „Der würde ich ein wunderschönes neues Gewand schenken." Ihre Kleidung war nicht in bestem Zustand nach über fünf Wintern in Gefangenschaft.

Bierkrüge wurden nachgeschenkt und mitgebrachte Leckerbissen verzehrt. Geeske und Iska trennten sich von ihren Lieblingen und bedienten die Anwesenden. Die Kleinen waren im Nachteil, in der Eile hatten die Frauen zu wenig Getränke für sie mitgebracht. Besorgte Mütter eilten nach Hause und brachten Nachschub.

Oddo stellte sich vor die versammelte Gesellschaft, Geeske lehnte sich an Rulf: „Oh je, was wird Vater erzählen", sagte sie. Der Vater kannte keine Gnade, sein Thema war, neben den Piraten, seine Tochter und ihr erwählter Gefährte: „Fischer von Geest, ich bin heute mit meinen beiden Söhnen hier, weil ich euren Männern einen Dienst erweisen konnte", er drückte sich unerwartet gewählt aus, „dabei haben wir ein Schiff erbeutet und den schändlichen Piraten, die Götter sollen sie verderben, einen harten Schlag versetzt. Wir haben uns damit auch für eure Hilfe beim Überfall der Piraten auf unserer Wurt bedanken können. Meine Gefährtin und ich müssen uns mit einem großen Verlust abfinden, unsere Tochter Geeske will in euer Dorf ziehen. Sie folgt Rulf, den sie als Gefährten ausgewählt hat. Rulf, du nimmst uns unsere geliebte Tochter. Wir haben dich als tüchtigen Kampfgefährten kennen gelernt und hoffen, dass du genauso ein tüchtiger Fischer und Bauer bist." Hier mischte sich Geeske ein: „Das ist er, Vater, du brauchst dich nicht zu sorgen." Gelächter und Beifallrufe unter den Dörflern.

Damit war Oddos Rede unterbrochen und beendet, Rodgar hob seinen Krug und alle tranken auf den gemeinsamen Abend. Einen Punkt gab es noch auf den alle warteten. Sieke, Norgerts Tochter, stand auf, ging zu Geral: „Du wolltest eine Geschichte erzählen, das hast du versprochen." Der wusste nicht mehr, wann und was er versprochen hatte, die allgemeine Erwartung ging aber davon aus, dass er das Wort ergreifen würde. Seufzend stand er auf, setzte sich vor die Versammlung und begann seine Geschichte, nachdem er noch einen tüchtigen Zug aus seinem Krug genommen hatte: „Ich erzähle euch die Geschichte vom Drachenstein."

13
DER DRACHENSTEIN

Oft bekommt man zuhören: Das ist gut, doch es ist von gestern.
Ich aber sage: Das Gestern ist noch nicht geboren.
Es war noch nicht wirklich da.

Ossip Mandelstam (1891-1938)

„Nicht weit von unserem Dorf in Heide und Wald liegt der Drachenstein. Das ist wie ihr wisst kein einzelner Stein, sondern acht große Felsbrocken, welche vor undenklich vielen Wintern von den Riesen dorthin gebracht wurden. Nur die Riesen können das vollbracht haben, für unsere stärksten Vorfahren war es nicht möglich auch nur den kleinsten der Steine zu bewegen.

Die Riesen wollten die Steine zu einem Gewölbe aufbauen unter dem sie einst ihrem Herrn, den Riesenherrscher Erlird, ein Grabmal bereiten wollten. Erlird war ein gewaltiger Herr, er war noch ein Stück größer und breiter als die stärksten seiner Gefolgsleute, ein mächtiger Bart an seinem Kinn wurde bewohnt von zwei

Zauberelstern, die ihm treue Dienste leisteten. Er hatte im Gegensatz zu seinem Gefolge nur ein Auge in der Mitte der Stirn und war gar grausig anzusehen. Seine Feinde, die Trolle, Werwölfe, Hexen, Zauberer, selbst der gewaltige Werwolf mit dem Feuerschlund zitterten bereits bei seinem Anblick, ohne, dass er eine Hand erheben musste.

Als er sein Ende nahen fühlte, befahl er seinen Untertanen das Gewölbe aus den Felsbrocken aufzubauen. Er legte sich in das bereitete Bett und befahl sein Geschmeide in seinen rechten Arm zu legen. Dann schloss er sein Auge und verstarb. Großes Wehklagen erhob sich unter den Riesen, einen solch mächtigen Herrn wie Erlird bekamen sie nicht mehr.

Die beiden Zauberelstern flogen aus ihrem struppigen Nest über die Heide bis in die Tiefe des dunklen Eichenwaldes. Gierige Räuber stiegen aus ihren finsteren Nestern auf und schnappten nach ihnen, doch in pfeilschnellem Flug gelangten sie tief im Dickicht an ein Felsennest. Noch nie war ein Menschenwesen bis hierhin gelangt. Sie setzten sich auf den Rand einer Klippe und ließen ihr „schack, schack," ertönen.

Ein gewaltiges Grollen war aus der Tiefe der Felsen zu hören, Flammenstrahlen schossen aus dem Untergrund. Dann tauchte der Kopf eines schrecklichen Untiers auf, es war der Drache Horix, des Herrn der finsteren Wälder. Sein Kopf war mit spitzen Stacheln bedeckt, aus seinen Nüstern quollen Flammenstrahlen und aus seinem Rachen giftiger Atem."

Bis hierhin hatten die Dörfler atemlos der Erzählung gelauscht, Riesen, Drachen, Gnome, wilde Untiere waren allgegenwärtig in ihrer Vorstellung. Kinder klammerten sich eng an ihre Mütter oder älteren Geschwister und auch die Frauen rückten näher an ihre Gefährten. Die kriegerischen und tapferen Männer waren nicht frei von Furcht vor diesen unheimlichen Geschöpfen und blickten sich in der dunkler werdenden Tenne nach allen Seiten um, ob nicht irgendein finsterer Geselle in den Winkeln von Tenne und Stall lauerte. Geral nahm einen tüchtigen Schluck aus seinem Krug und fuhr fort

„Die Zauberelstern hatten schon manche Botschaft ihres Herren dem Drachen überbracht und kannten seine Gewohnheiten, sie flogen ein Stück zur Seite und warteten ab, bis er seinen Feueratem ausgeblasen hatte. Dann zwitscherten sie in ihrer Zaubersprache ihre Botschaft dem Drachen ins Ohr. Der hatte schnell begriffen, dass sein Freund Erlird tot war und blies traurig den Rest seiner Feuersbrunst in die Luft.

Dann brummte er etwas aus seinem schrecklichen Maul, keiner hätte das verstehen können, nur die Zauberelstern: „Ich werde seinen Schatz bewachen, wehe dem Menschenkind, Riesen oder Troll, der es wagt, die Hand danach auszustrecken." Die Zauberelstern flogen noch tiefer in den finsteren Wald, kein Riese hat sie je wieder gesehen.

Viele Winter später, die Riesen waren schon lange aus unserer Heimat verschwunden, kam ein Fremdling in unser Dorf, gegürtet mit Schwert und Speer. Unsere Vorvater bewirteten ihn mit Bier und Brot und fragten nach seinem Reiseziel. Er sagte: „Ich bin Schatzsucher und suche den Schatz des Riesenherrschers, der hier bei euch im Finsterwalde sein Grab hat, das hat mir eine alte Weissagerin aus meinem Heimatdorf erzählt." Bevor unsere Vorväter antworteten, wollten sie mehr wissen, Fremde kamen selten in unser Geestdorf, wenn sie kamen, wurden sie tüchtig ausgefragt: „Wo kommst du her Fremdling?"

„Ich komme von weit her, immer am Meeresufer entlang Richtung Sonnenuntergang. In meinem Land Seeland bestimmen die Frauen über die Männer, wir müssen gehorchen. Weil ich im Waffengang geübt bin, haben sie mich losgeschickt, den Schatz in unser Dorf zu holen." Unsere Vorvater staunten, dass sollten ihre Gefährtinnen nicht hören, hier hatten die Männer das Sagen und das sollte so bleiben.

„Den Schatz wirst du nicht erwerben können, er wird von einem Drachen bewacht, der ist unbesiegbar. Schon einige junge Männer haben ihr Leben gelassen, der Drache hat sie einfach mit seinem giftigen Feuer Atem verbrannt." „Der Drache kann nicht immer da sein, ich werde ihn überlisten", sagte der Fremde, „wenn er kommt, werde ich ihn mit Schwert und Speer besiegen." Er richtete sich in voller Größe auf und man sah, es war ein gewaltiger Recke.

„Wenn die Sonne am Himmel erscheint, versinkt der Schatz tief in der Erde unter das Bett des Riesenfürsten, keiner kann ihn erreichen. Der Drache fliegt in seine Felsenkluft und kommt erst bei Sonnenuntergang zurück. Er liegt dann auf den Felsen, vor sich hat er die Edelsteine und das Geschmeide aus dem Schatz des Riesenfürsten, die Steine glitzern wunderbar im Mondlicht." „Morgen gehe ich zu dem Drachenstein und verstecke mich, bis es dunkel wird. Dann werde ich den Drachen besiegen." Unsere Vorvater sahen sich erschrocken an und hatten die Gewissheit, das ist das Ende dieses Recken. „Der Schatz ist mit einem Fluch belegt", warnten sie ihn noch, aber er winkte ab und begab sich zur Nachtruhe in den ihm zugewiesenen Strohschober. Dabei deutete er auf eine junge Frau und sagte: „Du sollst mein Strohlager heute Nacht mit mir teilen." „Das geht nicht", sagten unsere Vorväter, „bei uns teilen die Frauen erst das Lager mit

einem Mann, wenn sie als seine Gefährtin bestimmt sind."
Der Fremde war erstaunt und sagte, dass in seiner Heimat
die Frauen bestimmten mit wem und wann sie das Lager
teilen wollten.

Aber jetzt bin ich müde und erzähle euch die
Geschichte ein anderes Mal weiter", sagte Geral. Er setzte
den Krug an den Mund und trank ihn mit gewaltigen
Schlucken aus. Aber da hatte er einen schlechten
Vorschlag gemacht, Geeske stand schon neben ihm und
schenkte nach, Sieke kam angerannt und zog ihn am Bart:
„Du darfst jetzt nicht aufhören, bitte weitererzählen." Er
hatte nichts anderes erwartet und erzählte seufzend weiter:
„Am nächsten Tag führte ein Junge aus dem Dorf den
Fremdling bis in die Nähe der Drachensteine und machte
sich eilig auf den Rückweg. „Den Fremdling sehen wir nie
wieder", war die Meinung unserer Vorväter, aber da hatten
sie sich getäuscht.

In der Nacht hörte man schauriges Getöse aus Richtung
des Drachensteins, gewaltige Feuersbrünste loderten am
Himmel und unsere Vorfahren zogen sich angstvoll die
Decken über den Kopf. Am nächsten Morgen wankte ein
erbärmlich aussehende Gestalt in das Dorf, es war der
Fremdling und er trug eine große Schatulle auf dem
Rücken. „Das ist die Schatzkiste", rief der Dorfhäuptling.
Unsere Vorvater konnten es nicht fassen, der Fremde hatte
es geschafft, wie konnte man ein Untier wie den Drachen
Horix bezwingen?

Freilich, welchen Preis hatte er bezahlt, das Gesicht war
schwarz von Brand, er hatte kein Haar mehr auf dem
Kopf, sein Gewand hing in Fetzen an ihm, alles war
verbrannt vom giftigen Feuerodem des Drachen. Die
Frauen bereiteten ihm ein Mahl, wuschen seinen Körper
und gaben ihm ein neues Gewand. Männer wollten in die

Schatulle sehen, aber er hielt sie mit dem Arm eisern umschlossen, sank auf sein Lager und fiel in einen tiefen Schlaf.

Als er erwachte war er immer noch von erbärmlichem Aussehen, aber er wollte aufbrechen und bat die Fischer ihn über den Strom zu setzen. „Erst musst du uns berichten, wie du den Drachen besiegt hast", sagten die Alten. „Ich habe ihn gelockt mit seiner Lieblingsspeise und ihm einen fetten Igel vor die Nase geworfen. Den hat er nur zu gerne angenommen und war abgelenkt. Ich bin in diesem Moment unter die Felsen gekrochen, habe mit meinem geschliffenen Speer durch einen Spalt zwischen den Steinen in seine Weichteile gestochen und seinen Bauch quer aufgeschlitzt. Dann musste ich schnell unter den Felsen heraus, eine schreckliche Brühe quoll aus seinem Leib und verätzte mein Gewand. Er hat mich mit seinem Feuerrachen am ganzen Körper verbrannt. Ich habe die Schatulle geschnappt, bin geflüchtet und sah noch, wie er sich mit letzter Kraft in die Luft schwang und in Richtung Finsterwald verschwand. „Der hat sich bestimmt in seinem Felsenloch verkrochen und kommt eines Tages wieder", sagten unsere Vorväter.

Einer der Fischer nahm ihn in seinen Einbaum und paddelte bei abnehmendem Ebbstrom über den Strom. In der Mitte der Wissuhr erfasste eine wilde Strömung den Einbaum. Den Fischer überkam ein Grausen, er spürte, hier waren unheimliche Mächte am Werk. Die Schatulle mit dem Schatz wurde dem Fremdling aus den Händen gerissen und verschwand in der Tiefe.

Der beugte sich über den Bord und griff mit beiden Händen danach, um den Schatz zu retten. Vergebens, eine schleimige Faust, mit Tang umwuchert, umklammerte seinen Arm und riss ihn mit in die Tiefe, der Einbaum kenterte. Der Fischer trieb in größter Not schwimmend an das Ufer. Vom Einbaum, vom Fremdling mit seinem Schatz war nichts mehr zu sehen.

Er war ein tüchtiges Stück stromab getrieben worden und eilte am Ufer zurück nach seinem Dorf, wo er um die Mittagszeit zitternd ankam. „Das war der Fluch, der auf dem Schatz lag", sagten die Alten im Dorf. Von dem stolzen Fremdling hat man nie wieder etwas gesehen und der Schatz liegt bis zum heutigen Tag auf dem Grund der Wissuhr."

Damit beendete Geral seine Geschichte des Drachensteins. Die Zuhörer hatten atemlos, gespannt gelauscht, nichts war ihnen entgangen. Nun klatschten sie begeistert Beifall auf die Holztische, Lärm, der auch die Geister, Trolle, Gespenster vertreiben sollte, die in jeder Ecke des Langhauses lauerten und sich vielleicht eine Beute unter den Besuchern auf dem Heimweg suchten. Geeske schenkte Geral noch einmal nach, er hatte seine Sache wieder einmal gut gemacht.

Auch die Neuankömmlinge in Geest, Fehild und Godrik, hatten voller Spannung der Erzählung gelauscht. Geral nahm sie mit in sein Langhaus und seine Gefährtin Thordis bereitete ihnen ein Lager neben Laif. „Jetzt ist die Familie ja wieder zusammen", dachte sie. Über ihr endgültiges zu Hause wollte Geral am nächsten Tag mit Norgert reden. Erst einmal sollten sie ihr verdientes Nachtlager haben.

Oddo bekam Nachtlager bei Norgert im Langhaus, die jungverliebten Geeske und Rulf zogen ihr Heulager in dem Schober vor. Oddos Söhne konnten bei Rodgar nächtigen. So war nach diesem ereignisreichen Tag für alle bestens gesorgt.

14
BESUCH AUS BRITANNIA

Nicht am Ziel wird der Mensch groß,
sondern auf dem Weg dorthin.
Ralph Waldo Emerson (1803-1882)

Die Dorfbewohner hatten viel Neues erlebt, die spannende Geschichte vom Drachenstein gehört, der nächste Tag begann beim üblichen Frühstück mit Grütze in allen Langhäusern und Erinnerungen an den vergangenen Tag. Besonders froh war man, dass Rodgar, Laif und Rulf mit den Befreiten gut von der Pirateninsel zurückgekommen waren. Durch die Hilfe der Friesen waren die Piraten als Gefahr für ihr Dorf vorerst nicht zu befürchten.

Geral kam zu Häuptling Norgert und sprach mit ihm über den endgültigen Verbleib der Befreiten. Er wollte Laif gerne aufnehmen und wie einen Sohn behandeln, für Fehild und Godrik wünschten er und seine Gefährtin

Thordis sich eine andere Lösung. Das hatte keine Eile, die nächsten Tage sollten die Befreiten bei ihnen bleiben.

Oddos Söhne kamen von Ragnar zu Norgert und holten den Vater aus seinem Heubett. Der drängte zur Heimkehr, die Gefährtin sollte sich nicht länger ängstigen. Sie gingen zusammen mit Norgert, den Männern aus der Nachbarschaft sowie Rulf, Imke und Geeske zum erbeuteten Piratenschiff. Da der Strom gerade günstig lief, beschlossen sie es rückwärts aus dem Priel zu staken und die Heimreise anzutreten. Das Segel brauchte nicht gesetzt zu werden, die Strömung genügte für eine sichere Rückkehr in ihren Priel. Der Schipper war bereit mitzukommen, um ihnen das Steuern zu besorgen. Darauf wollte Iska auch mit, beide würden dann den Rückweg zu Fuß antreten.

Oddo hatte nichts dagegen und auch Iskas Vater Fredo gab schließlich nach. Das Schiff und ihr Kahn wurden aus dem Priel gestakt und im Ebbstrom begann die Heimreise.

In Geest kümmerte sich man um die alltäglichen Dinge, Imke und Geeske versorgten die Tiere im Stall und auf der Weide, für Norgert und Rulf hatte Imke eine spezielle Aufgabe: „Ihr müsst ins Moor und Torf stechen, unser Brennstoff Vorrat für den Winter muss ergänzt werden." Geeske wollte mit, das durfte sie auch, aber erst mussten die Kühe gefüttert und gemolken werden. „du kannst hinter den beiden Männern herlaufen, ich beschreibe dir den Weg", sagte Imke.

Norgert und Rulf nahmen die Torfspaten und einen zweirädrigen Handkarren, den sie beladen nach Hause bringen wollten. Bei einem großen Wagen hätten sie einen Vorrat an Torf bereitlegen müssen, damit sich das Anschirren der Rinder lohnte. Sie begannen mit dem Torf stechen, einer mühevollen Arbeit. Als Geeske kam half sie beim Beladen des Karrens, einer ebenfalls mühsamen Arbeit. Aber das war ihr gleichgültig, für sie zählte die Nähe zu ihrem Liebsten. Der bekam auch einen liebevollen Schmatzer, wenn Norgert in eine andere Richtung blickte.

Der Platz wurde gemeinsam vom Dorf genutzt, es kam vor, dass zwei Familien zur gleichen Zeit hier arbeiteten. Das war dann eine willkommene Abwechslung, besonders für Frauen, welche die gemeinsame Zeit gerne für einen Schwatz nutzten. Saxen oder Friesen von anderen Dörfern waren hier nicht gerne gesehen, es gab dann immer Streitigkeiten. Heute waren sie allein und Geeske hatte ihren Rulf für sich, abgesehen von Norgert. Sie setzten sich zu einer Pause ins Gras an einer trockenen Stelle. Ein Krug mit Brunnenwasser machte die Runde.

Der Karren war beladen und Rulf spannte sich davor in das Geschirr, Geeske und Norgert schoben das schwere Gefährt. Am Haus wurde der feuchte Torf unter dem Dachüberstand an der Wetter geschützten Seite des Langhauses auf Lücke aufgeschichtet, bis zum Winter sollte er trocknen. Es war noch Zeit für zwei weitere Fuhren und abends war ein ansehnlicher Torfhaufen am Haus aufgeschichtet. Imke war zufrieden: „Aber ihr müsst noch öfter los, das reicht noch nicht." Geeske hatte Schwielen an den Händen und die Arme taten ihr weh, aber es war ein guter Tag für das junge Paar gewesen.

Für Fehild und Godrik musste eine Lösung gefunden werden. Norgert war gefordert, er ging zu Geral und traf ihn mit seiner Gefährtin Thordis an. Laif war im Auftrag von Geral zur Weide unterwegs, um für eine Kuh mit einem neugeborenen Kalb einen Pferch zu bauen, zum Schutz des Kalbes vor streunenden Hunden. Fehild erledigte Küchenarbeit für Thordis, Godrik spielte mit den

Hunden und die sechsjährige Haustochter saß neben Fehild und lauschte einer Erzählung von ihr.

Geral setzte sich mit Norgert vor das Tor zur Tenne, Thordis kam dazu. „Wir wollen Laif gerne hierbehalten, er ist eine tüchtige Hilfe für uns. Für Fehild und Godrik muss eine andere Lösung gefunden werden", begann Geral das Gespräch. In Fehild sah Thordis eine Rivalin und eine ständige Versuchung für ihren Gefährten. Sie war kaum älter als Fehild, Konfliktstoff für jeden neuen Tag war da. Norgert sah das ein, Imke hätte das auch in ihrem Haus nicht gutgeheißen, aber er hatte einen Vorschlag: „Am Rand des Dorfes lebt Gisbert, seine Gefährtin ist im letzten Winter bei der Geburt ihres Sohnes gestorben. Wir sehen ihn kaum und man fragt sich, wie er alleine zurechtkommt mit dem Hof und der Versorgung des Kindes."

Geral, der Geschichtenerzähler, der Götterkundige, nickte bedächtig mit dem Kopf: „Der soll herkommen, wir bereden das mit ihm", sagte er. Thordis schickte Tochter Oda zu ihm: „Oda, lauf zu Gisbert und sage ihm, er soll herkommen und seinen kleinen Sohn mitbringen. Häuptling Norgert ist hier, wir wollen etwas mit ihm besprechen." Die Kleine zog erst eine Schnute, sie wollte die Geschichte von Fehild zu Ende hören. Als der kleine Sohn erwähnt wurde war sie sofort bereit und rannte los.

Es dauerte nicht lange da kam Gisbert mit einem Bündel auf dem Arm und setzte sich zu ihnen. Thordis nahm ihm das Bündel ab, es war der kleine Sohn; mehr schlecht als recht versorgt. Sie ging zu Fehild und die beiden Frauen wickelten das Bündel auf. Ein vergnügtes Gesichtchen strahlte sie strampelnd an. Fehild erhitzte einen Kessel mit Wasser. „Dich werden wir erst einmal baden, das hast du bestimmt schon lange vermisst."

Die Männer unterhielten sich: „Wie kommst du allein zurecht, wer versorgt den Kleinen?", fragte Norgert. Gisbert war guter Stimmung, offenbar kam er mit der Situation gut klar: „Ich habe Arbeit von Sonnenaufgang bis in die Nacht, zum Fischen auf dem Strom komm ich nicht mehr. Bei dem Kleinen hilft mir Erma, sie kommt morgens und abends, füttert und badet den Kleinen, oder sie schickt Sohn Otker, der ihn zu Erma in Rodgers Haus holt. Hilfe könnte ich schon gebrauchen."Norgert kam zum Punkt des Themas: „Unsere Männer haben Laifs Bruder und Fehild von der Pirateninsel befreit. Fehild hat bei Laif und seinem Bruder die Mutterstelle vertreten und wir suchen einen festen Platz für die Beiden". „Ich wäre für Hilfe in Haus und Hof dankbar, vieles ist liegen geblieben, seit meine Gefährtin mich verlassen musste." Geral ging zu den Frauen und bat Fehild zu ihnen zu kommen, Godrik sollte sie mitbringen. Erstaunt sah sie ihn an und übergab den Kleinen, den sie gerade in das vorbereitete Bad geben wollte, an Thordis. Sie kam mit Godrik zu den Männern. „Fehild wir suchen für dich und Godrik einen dauerhaften Platz. Das ist Gisbert, seine Gefährtin ist bei der Geburt des Sohnes gestorben und er braucht Hilfe auf seinem Hof. Wir möchten, dass du sein Angebot annimmst und in sein Haus ziehst. Godrik soll natürlich mit dir gehen."

Fehild nickte, was blieb ihr übrig, sie musste froh ein, dass sie jemand haben wollte. Gisbert war angetan von der hübschen jungen Frau, vielleicht konnte er sie als seine Gefährtin gewinnen. Der Handel war schnell geschlossen, Fehild packte ihr Bündel und folgte Gisbert mit dem kleinen Sohn auf dem Arm. Thordis nahm Godrik an die Hand und begleitete sie zu ihrem neuen zu Hause. Laif würde enttäuscht sein. Bruder und Mutter waren umgezogen, die Gründe aber sicher verstehen. Er konnte beide leicht besuchen, Gisberts Hof lag nahe bei.

Norgert war erleichtert, auch hier eine Lösung gefunden zu haben. Sein alter Freund und Kampfgefährte Geral schenkte zwei Humpen Bier ein, die sie sich in der Sonne vor dem Hoftor munden ließen. Ein anderes Thema musste noch geklärt werden: „Wir haben den Piraten einen Schlag versetzt, die Friesen haben ihr zweites Schiff erbeutet, aber ihr Schlupfwinkel ist unversehrt, dort können sie sich sammeln, neue Männer anwerben." „Dann haben wir sie wieder auf dem Hals. Wir sollten ihr Nest gründlich vernichten, aber dazu müssten wir noch einmal gegen sie ziehen", war Gerals Meinung.

„Das ist auch meine Meinung. Wir müssen aber Rodgar und auch dir Zeit geben, um die jetzt notwendigen Arbeiten am Hof zu erledigen." „Wenn wir warten, haben sich die Schurken wieder erholt und es wird umso schwerer für uns." Norgert fasste einen Entschluss: „Ich gehe Morgen in der Frühe zu Oddo und berate mich mit ihm. Vielleicht treffe ich den Schipper noch bei ihm an. Wir machen mit den Friesen einen gemeinsamen Angriff, dann sind wir sicher, dass es gelingt. Schade, er war hier und wir haben nicht daran gedacht, das abzumachen. Du musst mitmachen, sage auch Rodgar, Fredo und den anderen kampfbereiten Männern, sie sollen sich bereithalten." Geral nickte zustimmend.

Und so kam es, dass Norgert sich zu Oddo auf den Weg machte, kaum, dass dieser sich aus Geest verabschiedet hatte. Er kam kurz nach der Mittagszeit auf der Wurt an, der Schipper war noch da. Er hatte Iska bei sich und keine große Eile abzureisen, nahm aber an dem Gespräch teil. Oddo war erstaunt und erfreut Norgert so schnell wiederzusehen. Das Thema Pirateninsel war schnell besprochen. Oddo war einer Meinung mit Norgert und wollte mitmachen. Die Friesenwurten waren durch die Pirateninsel stärker gefährdet als das weiter entfernte Saxendorf. Er versprach mit sieben Kämpfern zu kommen außer ihm und den beiden Söhnen würde er noch vier Männer von den Nachbarwurten mitnehmen. „Nehmt harziges Holz mit, wir müssen alles niederbrennen", mahnte Norgert noch.

Sie rechneten wie die Tide laufen würde und beschlossen in drei Tagen in der Frühe loszulegen. Die Männer aus Geest sollten mit ihren Kähnen in den Priel kommen, in dem das Schiff lag, mit dem sie dann gemeinsam zur Pirateninsel segeln wollten. Das Schiff in Geest war ohne Mast und konnte nicht genommen werden.

Oddo wollte die Tage nutzen und auf jeder Seite zwei Dollen anbringen, um rudern zu können. Die Ruder konnten schnell gemacht werden aus Brettern, welche zu den Handgriffen hin schlank zugeschnitten werden mussten. Damit konnten sie schneller vorwärtskommen, wenn der Ebbstrom das Schiff nicht mehr vorwärts trug. Paddeln brachte bei dem Schiff wenig ein.

Es wurde dann noch ein lustiger Abend, Die Söhne, ihre Frauen, Laif mit Iska und Egga saßen um das Feuer und Bierkrüge machten die Runde. Oddo hatte, wie immer, mächtig Durst und Norgert musste mittun. „Willst du mich beleidigen?", fragte er als Norgert einmal einen gefüllten Krug anlehnen wollte. Nein, das wollte der natürlich nicht.

Gut geschlafen hat er dann in Geeskes Heubett und von dem Liebesgeflüster zwischen dem Schipper und Iska nichts vernommen. Am nächsten Morgen machten sie sich auf den Heimweg, Norgert mit Brummschädel vorneweg, das Liebespaar lachend und tändelnd hinter ihm her.

In Geest dann eine Überraschung. Auf der Bank vor dem Langhaus saß ein Fremder, ihm gegenüber Rulf und Rodgar mit ihren Fischspeeren. Die Waffen hatte man dem Fremden abgenommen, Schwert und Kurzspeer lehnten an der Hauswand. Als Norgert ankam, sprang der Fremde auf und ging auf ihn zu: „Norgert, erkennst du mich?", Norgert schüttelte verneinend den Kopf, „ich bin dein Bruder Hero zurück aus Britannia. Dort in der römischen Legion haben sie mich Herstus genannt."

Man sah, wie es bei Norgert klick machte: „Hero, verlorener Bruder, jetzt erkenne ich dich, groß und stark bist du geworden." Die Brüder fielen sich in die Arme, Gelächter, ob des Scherzes den Norgert gemacht hatte. Hero war mit fünfzehn Wintern in römische Dienste getreten und hatte seine 15 Winter zum größten Teil in Britannia bei der 20. Legion, der Legio XX Valeria Victrix, später unter säxischem Kommando abgeleistet und war mit einem Auftrag des nun herrschenden Hegert, Herzog der Saxen im ostsäxischen Gebiet (Essex), zurückgekommen.

„Woher wusstest du, dass du Vater hier triffst?", fragte Rulf. „Das ist auch mein Heimatdorf, von hier bin ich vor vielen Wintern zum Rhenus und in römische Dienste gezogen." Imke führte ihn in das Haus, wo er bewirtet wurde. Es gab einiges zu erzählen von beiden Seiten, bei den Dörflern waren besonders die letzten Wochen recht turbulent gewesen. Was Hero für die Zukunft machen wollte, das zu erfahren hatte Zeit. Er bewunderte Rulf, den großen starken Sohn und Geeske, seine Gefährtin.

Am späten Abend nahm er gerne den zugewiesenen Schlafplatz an. Alle waren müde, besonders Norgert und

Hero von einem ereignisreichen Tag. Rulf und Geeske verschwanden in den Heuschober, den sie als ihr Lager noch nicht aufgegeben hatten. Geeske war inzwischen in den Bauernhof integriert, sie hate ihren Anteil an der täglichen Arbeit und war für Imke eine große Hilfe. Das bedeutete tägliche anstrengende Arbeit, wie sie es von der väterlichen Wurt nicht gewöhnt war. Trotzdem wollte sie nicht mehr zurück, sie war davon überzeugt das Richtige getan zu haben.

Der abendliche Austausch mit Rulf war dann für sie der Höhepunkt des Tages, der Schnabel stand ihr nicht still, Rulf hatte meist Pause. Das war ihm aber auch recht, er hörte ihr gern zu und nahm sich dabei die eine oder andere Freiheit, indem er ihren verführerischen Körper erkundete. Ein guter Anfang für ihren gemeinsamen Weg.

15
PIRATENINSEL

Alles Reden ist sinnlos,
wenn das Vertrauen fehlt.
Franz Kafka (1883-1924)

Norgert konnte es nicht glauben, am nächsten Morgen saß ihm sein Bruder gegenüber, der sie vor vielen Wintern verlassen hatte, als er noch im Kindesalter war. Er machte mit ihm eine Runde durch das Dorf und stellte ihn vor. Als sie zu Gisbert kamen, dachte er, Fehild wäre eine ideale Partnerin für ihn. Jetzt musste man abwarten, ob sie bei Gisbert bleiben wollte. Heros interessierte Blicke für die junge Frau verriet sein Interesse.

Er lud alle Männer für den Abend zu sich ein, die mit den Friesen besprochene Aktion gegen die Piraten musste festgelegt werden. Der Fremde, den er als Bruder vorstellte, erregte die Aufmerksamkeit der Dorfbewohner. Immerhin trug er noch einen Teil seiner römischen Legionärsuniform, welche erst einmal für Misstrauen bei den Dörflern sorgte. Die römischen Legionen waren dem Dorf zwar nie nahegekommen, aber gehörten zum festen Feindbild der Saxen.

Großes Erstaunen, aber auch Erkennen bei den älteren Männern, sie hatten den Bruder von ihm aus ihrer Kindheit noch in Erinnerung. In der Besprechung war man sich schnell einig, ja die Piraten sollten endgültig ausgerottet und ihre Insel so verwüstet werden, dass dort keine Bleibe mehr für sie war. Norgert teilte fünf Männer sowie Rulf und Laif ein, die teilnehmen sollten.

Damit blieben drei Männer und zwei Jungs zum Schutz des Dorfes zurück. Ein erneuter Überfall war nicht in Sicht, aber es konnte immer unliebsame Überraschungen geben.

Hero meldete sich zu Wort: „Ich bin im Waffengang geübt und würde euch gerne begleiten." Alle waren einverstanden und Norgert verteilte die neun Männer auf drei Kähne: „Wir fahren morgen in der Frühe mit dem Ebbstrom los und steigen bei den Friesen auf deren Schiff. Das muss schnell gehen, denn wir wollen weiter mit dem Ebbstrom treiben. Wenn wir in der Mündung der Wissuhr sind, müssen wir rudern Richtung Sonnenuntergang, nur wenn günstiger Wind weht, können wir auch Segel setzen."

Auf dem Weg zu den Friesen begegneten ihnen Fischer vom anderen Ufer des Stromes, die sich über die drei Kähne aus Geest wunderten: „Wo wollt ihr hin? Gibt es dort etwas umsonst?" Norgert wollte nichts von ihrer Absicht, die Piraten anzugreifen, preisgeben: „Wir machen einen Besuch bei Oddo, der junge Mann", er deutete auf Rulf, „ hat um seine Tochter geworben." Damit war die Neugier der Fischer gestillt und sie konnten schnell weiter paddeln.

Am Priel der Friesen konnte man schon das Schiff sehen, Eile war geboten, wollte man den Strom nutzen. Oddo begrüßte sie lauthals, als sie umstiegen. Er hatte zwei Jungs mitgebracht, welche die Kähne der Saxen aneinanderbanden und tiefer in den Priel hinein paddelten. Die Saxen bewunderten die sinnvolle Anordnung der Dollen für die Ruder. Das hatten die Friesen in kürzester Zeit brauchbar erledigt.

„Wollte Geeske nicht mit?", fragte Oddo. „Das habe ich mit ihr schon vorher geklärt, ein paar Tränen sind dabei geflossen", war Rulfs Antwort. Oddos dröhnendes Lachen war über den ganzen weiten Strom zu hören, so musste man mit Weiberlaunen umgehen. Jungverliebten fiel das schwer, bei ihm herrschte Ordnung und Ordnung war für ihn das, was er wollte.

Der Schipper nahm die Pinne und unterstützt von einigen stakenden Männer lenkte er das Schiff gekonnt aus dem Uferbereich in den Ebbstrom. Der Wind war ungünstig, Segel setzen lohnte nicht.

Oddo bemerkte Hero und fragte: „Wer ist das?" „Das ist Hero, der Bruder von meinem Vater", antwortete Rulf und erzählte seinem erstaunten Zuhörer die ganze Geschichte. Norgert überzeugte sich, dass auch die sieben Friesen gut bewaffnet waren. Bei seinen Dörflern hatte er das schon vor ihrer Abfahrt gemacht. Sie waren jetzt sechzehn kräftige Kämpfer, wehe den Piraten. Er beriet sich mit Oddo und Ragnar wie sie vorgehen wollten.

Ergebnis war, dass sie dem Schipper die Wahl eines geeigneten Landeplatzes überlassen wollten, um dann im Gefühl ihrer Überlegenheit die Hütten der Piraten zu stürmen. Alles musste schnell gehen, Norgert teilte die Männer in zwei Gruppen, die angeführt von Oddo und Ragnar von zwei Seiten angreifen sollten. Er selbst wollte mit Geral zurückbleiben und dort eingreifen, wo Not am Mann war und das Schiff bewachen.

Als sie aus dem Ebbstrom des Flusses herauskamen, setzten sie die Ruderblätter in die Dollen und ruderten mit vier Männern. Sie kamen gut voran, doch vom Schipper kamen Bedenken: „Wir werden den Anlegeplatz erst bei völliger Dunkelheit erreichen." „Dann müssen wir an einem versteckten Platz festmachen und erst in der Frühe am folgenden Tag angreifen", so die Entscheidung Norgerts. Einen versteckten Platz für ein Schiff finden, wenn es auch nur zwölf Schritt lang war, das war schwierig, vor allem wegen dem Mast.

Es blieb dem Schipper überlassen, der ortskundig war nach fünf Jahren in den Klauen der Piraten, einen geeigneten Platz zu finden, an dem sie festmachten. Norgert teilte die Nachtwachen ein. Die erste Wache übernahm Giso, Oddos Sohn, danach war Otker dran und die letzte Wache sollte Widu, ein Friese übernehmen.

Bei Sonnenaufgang waren alle bereit für den Angriff auf die Insel. Das Schiff brauchte nicht verholt zu werden, die Hütten der Piraten konnte man sehen und auch von hier angreifen. Die beiden Gruppen machten sich bereit, bei den Friesen fehlte Widu, der die letzte Wache hatte. Man fand ihn im Wasser an Landseite des Schiffes mit durchschnittener Kehle. Er war in der Nacht überrascht und umgebracht worden.

Die Wut der Friesen steigerte sich, jetzt war Mord ihr Ziel. Norgert mahnte Oddo zur Vorsicht. Die Piraten wussten, dass sie angegriffen würden und waren nicht mehr zu überraschen. „Widu war Knecht auf unserer Nachbarwurt, ein ordentlicher Junge", sagte Oddo, seinen Tod sollten die Piraten büßen.

Die Gruppe der Friesen sammelte sich neben dem Schiff und rückte gegen die Hütten der Piraten vor. Hinter der ersten Hütte hatten sich die Piraten bereitgestellt, um dem erwarteten Angriff zu begegnen. Sie hatten ihr Schiff erkannt und wussten wer hier angreifen wollte. Einer von ihnen war mit einem Langbogen ausgerüstet, mit dem Pfeile mit messerscharfen Spitzen und großer Durchschlagskraft verschossen wurden. Ein solcher Pfeil traf Giso in der Brust. Er fiel zu Boden und konnte seinen rechten Arm nicht mehr bewegen. Im Vorwärtsstürmen bestimmte Oddo zwei seiner Männer ihn zum Schiff zurückzubringen. Dort nahmen Norgert und Geral ihn in Empfang.

Die beiden Friesen eilten zurück zu den Kämpfern, welche von den Piraten hart bedrängt wurden. Rodgar hatte inzwischen mit seinen Männern, zu denen auch Hero gehörte, einen Bogen um die Hütten geschlagen, um den Piraten in den Rücken zu fallen. Das gelang auch, aber die hatten Verstärkung erhalten und waren gleich stark mit dem Angreifern. Die Räuber hatten Oddo umzingelt, mit drei Männern zu Boden geworfen und waren dabei den wütend sich Wehrenden zu fesseln. Die restlichen Räuber wehrten die Friesen mit Sohn Enno ab, die versuchten Oddo zu helfen.

Der Angriff der Saxen kam überraschend, Rodgars erster Schwerthieb galt einem der drei Schurken, welche Oddo bedrängten. Der bekam Luft, erhob sich auf die Knie und erhielt einen Stich mit einem Speer in die Brust. Rodgar und Rulf zerrten ihn weg von den Piraten und warfen sich wieder gegen die Räuber. Der Kampf wogte hin und her, aber die Entschlossenheit der Fischer und der Friesen, noch angestachelt von ihrer Wut über den Tod von Widu und die Verletzungen ihrer Freunde, brachte eine Entscheidung zu ihren Gunsten.

Die Piraten wurden zurückgedrängt und verschanzten sich in der nächstliegenden Hütte. Die Tür war so blockiert, dass die Angreifer sie von außen nicht öffnen konnten. Oddo wurde zum Schiff zurückgebracht, wo der heilkundige Geral sich seiner annahm. Sohn Giso war durch den Pfeil schwer verletzt und hatte Fieber. Norgert und Geral hatten ihm den Pfeil aus der Wunde ziehen müssen, was durch die Widerhaken an der Pfeilspitze sehr schmerzhaft war. Oddos Wunde wurde ausgewaschen und mit einem Verband mit Kräutern umwickelt.

Rodgar gab Anweisung die Hütte mit den Piraten in Brand zu stecken: „Wir müssen sie ausräuchern, haltet Tür und Fenster im Auge und lasst keinen entkommen." Laif, der sich auf der Insel auskannte, machte sich auf die Suche nach den beiden Frauen und den Kindern, die noch da sein mussten. Sie hatten sich in der Küchenhütte versteckt, er brachte sie mit zwei Jungs im Alter von acht und zehn Jahren zum Schiff: „Das ist Tyra", er deutete auf eine der Frauen, „sie kennt Heilkräuter und wird bestimmt helfen."

Tyra sah sich die beiden Verletzten an und schüttelte beim Anblick von Gisos Wunde erschrocken den Kopf: „Ich muss Kräuter sammeln", sagte sie und verschwand im Buschwerk am Strand. Kurze Zeit später kam sie zurück und hatte in ihrem hochgerafften Rock die gefundenen Heilkräuter. Auf den Steinplatten im Schiff brannte ein Feuer. Sie setzte einen Teil der Kräuter in einem Topf an, um einen Heilsud zu bereiten. Eine Handvoll der anderen Kräuter zerkaute sie zu einem Brei, den sie mit dem Finger Giso in die Wunde presste. An seinen Reaktionen war zu sehen, das musste sehr schmerzhaft sein. Geral flößte ihm etwas von dem Heiltrank ein, Tyra legte eine dicke Kräuterlage auf die Wunde und verband sie mit einem Streifen, den Geral vom Hemd des Verletzten abgerissen hatte.

Sie wandte sich Oddo zu, dem ging es besser, was man an dem gierigen Blick sah, mit dem er die Frau musterte. Sie strich etwas von dem Kräuterbrei auf seine Wunde und legte ebenfalls einen Verband an. Er umfasste sie mit dem Arm und wollte sie zu sich herabziehen, doch sie wehrte ihn ab: „Du musst gesund werden, dann kannst du mit Deiner Gefährtin spielen", sagte sie.

Die andere Frau hieß Erla und war ihr zur Hand gegangen. Beide Frauen hatten Vertrauen zu den Männern, da sie Laif kannten. Der hatte den beiden Jungen gut zugeredet, die ängstlich an der Reling saßen. Dann eilte er wieder zur Hütte der Piraten, welche an einer Seite lichterloh brannte.

Rauch zog hinein und ängstliche Rufe waren von innen hörbar. Rodgar rief: „Werft eure Waffen heraus und ergebt euch, dann lassen wir euch raus." Wütende Rufe und Beschimpfungen kamen zurück. Aus einem Spalt am Fenster wurde ein Pfeil abgeschossen, der ihn nur knapp verfehlte. „Steckt auch die Seite mit der Tür und dem Fenster an, denen zeigen wir es", rief er seinen Männern zu.

Die Saxen hatten nicht damit gerechnet, dass die Piraten sich einen Hinterausgang verschaffen könnten, durch den sie ausbrachen und zum Schiff stürmten. Als aus der Hütte nichts mehr zu vernehmen war, schlugen die Angreifer mit schweren Äxten die Tür auf und fanden die Hütte leer. „Zurück zum Schiff", schrie Rodgar, der Schlimmes ahnte.

16
DEN GÖTTERN ZUM OPFER?

Der Ziellose erleidet sein Schicksal-
Der Zielbewusste gestaltet es.
Immanuel Kant (1724-1804)

Die Piraten hatten das Schiff gestürmt, Norgert und Geral übel zusammengeschlagen und an der Bordwand gefesselt. Die Verletzten Oddo und Giso hatten sie über die Bordwand ins Wasser geworfen und versucht mit dem Schiff zu flüchten. Rodgar und Hero vorneweg, sprangen die Saxen auf das Schiff und drangen wütend auf die Piraten ein. Hero war der geborene Schwertkämpfer, er schwang seine Waffe so geschickt, dass er mit einem kreisenden Schwung zwei Gegner traf. Rulf suchte nach den beiden Verletzten und fand sie im Wasser treibend neben dem Schiff.

Zum Glück war das Wasser hier nicht sehr tief, Oddo hatte sich aufgerichtet und den Kopf von Giso über Wasser gehalten, damit er atmen konnte. Er hob gemeinsam mit Rulf den Schwerverletzten über die Bordwand auf das Schiff. Oddo kletterte mit Rulfs Hilfe hinterher. An Bord hatten die ungestüm vorwärts stürmenden Saxen die Oberhand gewonnen, von den Piraten lebten nur noch drei, sie lagen gefesselt auf dem Deck. Fünf andere waren der Wut der Angreifer erlegen. Sie befreiten Norgert und Geral von den Fesseln.

Norgert sagte mühsam atmend: „Das war Rettung in größter Not." Er hatte eine Platzwunde am Kopf, Geral einen Stichwunde an der Hüfte. Die beiden Frauen, die sich zusammen mit den Kindern verängstigt in eine Ecke gedrückt hatten, kümmerten sich um die Verletzungen.

Oddo ging es so weit gut, er schien unverwüstlich. Giso lag teilnahmslos mit fiebrigen Körper an Deck. Norgert wies die Frauen an, sich zuerst um ihn zu kümmern. Die Wut der Angreifer, besonders der Friesen, richtete sich gegen die drei noch lebenden Gefangenen. Sie wurden mit Knüppeln schrecklich geschlagen. „Hört auf", rief der Älteste von ihnen, „ich bin Jired, der Schmied. Wir wurden gezwungen bei den Schurken mitzumachen, wir sind Bauern und Fischer wie ihr auch."

Die zweite Hütte stand auch in Flammen, die drei Piraten wurden von ihren Fesseln befreit, sie mussten ihre getöteten Mörderbrüder in die brennenden Hütten werfen. Die restlichen Hütten wollte Rodgar noch durchsuchen nach verwertbarer Beute. Saxen und Friesen versammelten sich an Deck des Schiffes, Zeit für eine Erholung.

Jired, der Schmied, erwies sich als brauchbare Hilfe. Als sie von ihrer schrecklichen Arbeit zurückkamen, brachte er einen großen Krug Bier mit: „Ich dachte, ihr hättet eine Erfrischung verdient. Den Krug habe ich aus der dritten Hütte." Sein Leidensgefährte Thiel brachte einen Krug mit Saft der Holunderbeere für die Kinder und Frauen, ebenfalls aus dieser Hütte. Rodgar fragte: „Wo kommt ihr her?" „Ich komme aus einem Dorf an dem Strom Albis, dort siedelt mein Stamm, die Jüten, seit vielen Wintern. Wir sind Bauern und Fischer, ich habe außerdem die Schmiedearbeiten im Dorf gemacht. Deshalb haben die verfluchten Piraten mich auch mitgeschleppt. Sonst rauben sie nur junge Leute, wie diese beiden", er zeigte auf Thiel und den dritten Gefangenen.

Norgert hatte aufmerksam zugehört: „Habt ihr denn Schmiedewerkzeug hier auf der Insel?", fragte er. „Hinter den Hütten steht ein Amboss, eine Feuerstelle und auch einige Schmiedezangen sind da." „Willst du mitkommen in unser Dorf, wir brauchen einen Schmied für viele Arbeiten."

Der Schmied Jired dachte praktisch: „Dann nehmt Erla auch mit, sie war hier meine Gefährtin." „Wenn sie das will und eine zuverlässige und fleißige Frau ist, kann sie mitkommen." „Vielleicht will sie von dir altem Knochen nichts mehr wissen", rief Oddo, der zugehört hatte. Jired machte ein gequältes Gesicht, er war sich seiner Sache wohl nicht sicher. Er mochte etwa vierzig Winter alt sein, Erla dreißig, eine Partnerschaft war durchaus denkbar.

Die beiden Frauen machten sich daran eine Mahlzeit zu bereiten. Der Schmied erwies sich einmal mehr als nützlich, er ging zurück in das Dorf und kam mit einer angebratenen Schweinekeule zurück. Die Frauen teilten sie in Portionen und brieten diese fertig auf dem Rost des Schiffes. Nach dem ausgiebigen Mahl machte sich Müdigkeit unter den wackeren Kriegern bemerkbar. Rodgar gönnte ihnen noch keine Ruhe: „Wir müssen die Hütten nach Beute durchsuchen und alle anzünden."

Die Verwundeten mussten auf dem Schiff bewacht werden. Norgert war wieder hergestellt, er konnte bleiben, einen weiteren Friesen teilte er als Wache ein. Giso, Geral und Oddo brauchten Ruhe, obwohl Oddo meinte er könnte mit auf die Insel. Beute lockte ihn, man wusste ja nicht welche Schätze die Piraten gehortet hatten.

Rodgar nahm die Gefangenen mit, die wussten mehr als sie. Der Schipper war auch über die Insel informiert. Er teilte Rodgar mit, dass er den Schmied als ordentlichen Mann kennen gelernt hatte. Die erste Hütte war fast niedergebrannt. Rodgar befahl den Gefangenen Holz in den Brand zu werfen, damit die Leichname der Piraten gänzlich verbrannten. Gleiches Bild bot sich bei der zweiten Hütte, die nächste Hütte war in einem unordentlichen Zustand, Jired kannte den Grund: „Hier haben die Piraten gegessen, keiner hat aufgeräumt und die Frauen waren wegen anderer Arbeit überlastet."

Rodgar besah sich mit Jired die Schmiedewerkstatt, ihm fiel der Haufen Holzkohle neben der Feuerstelle auf. „Ohne Holzkohle gibt es nicht genügend Hitze, um das Eisen auf Rotglut zu bringen und zu verformen", erklärte der Schmied. „Da muss ich mit Norgert sprechen, wo sollen wir das Holz hernehmen. Wir brauchen die Baumstämme für unsere Häuser und Kähne."

Rodgar setzte sich mit Jired vor die nächste Hütte: „Wo hat euer Anführer seine Schätze versteckt, das müsst ihr mir verraten." Der Schmied gab Auskunft: „Große Schätze haben wir in den Dörfern am Strom und auf den Inseln nicht erbeutet. Unser Anführer, den ihr auf der Oye erschlagen habt, hat junge Männer als neue Kämpfer geraubt und junge Frauen. Die hat er erst als seine Gefährtinnen genommen und dann verkauft. Wenn sie vom Strom Albis kamen, auf die Inseln und wenn sie von den Inseln kamen an den Strom Albis."

„Das war seine Hütte, wir haben immer geglaubt, dass er Schätze unter seinem Lager vergraben hat. Ich hole Werkzeug, damit wir nachgraben können." Das Innere der Hütte machte einen recht verwahrlosten Eindruck. Rodgar legte Waffen und Werkzeug des Piraten vor die Tür, das sollte mitgenommen werden nach Geest. Der Schipper setzte die Schaufel an und stieß in einer Handbreit Tiefe auf einen Deckel mit Luftlöchern, der eine Holzkiste verschloss. Der Schmied sprengte das Schloss mit Hammer und Meißel und Laif öffnete die Kiste. Erschrocken fuhr er zurück, oben auf lag ein Totenkopf und rundum züngelten Schlangen.

Auf dem Schiff galt die ganze Sorge den Verletzten. Bei Giso sah es bedenklich aus, aber es bestand Hoffnung bei der Pflege durch die beiden Frauen. Norgert, Geral und Oddo waren auf dem Weg zu einer deutlichen Besserung. Oddo konnte schon wieder schimpfen, über seine Kumpane oder über Sohn Enno. Thiel, der junge Gehilfe des Schmiedes, hatte Norgert von dem Problem mit der Holzkohle berichtet. Der hatte trotzdem entschieden, das gesamte Schmiedewerkzeug, auch die Holzkohle mitzunehmen. Da das Schiff nur bis zur Friesenwurt fuhr, sollte alles in zwei Kähne der Piraten verladen werden, welche nach Geest geschleppt werden mussten. Er bestimmte: „Der Schmied Jired kommt mit und seine Angebetete Erla mit ihrem Jungen nehmen wir auch mit. Tyra, die andere Frau mit Sohn, sowie Thiel, die müssen mit zu den Friesen." Wieder keine Gefährtin für Hero, dachte er.

Er schickte Erla an Land, sie sollte in der Küchenhütte nach brauchbaren Töpfen und Geschirr Ausschau halten. Einzelne Kämpfer kamen mit Beute zurück, alles musste auf Deck gelegt, um später unter der Mannschaft geteilt zu werden.

Die Schatzsucher waren nicht untätig geblieben. Rodgar warf den Totenkopf beiseite, griff nach dem geschmiedeten Ring auf dem Deckel und hob den Deckel an, sofort ließ er ihn wieder fallen. „Die Biester haben mich gebissen", schrie er. Er zeigte seinen Unterarm, zwei Einstiche waren zu sehen. Er stöhnte, der Arm schwoll an, mit fahlem Gesicht sank er Augenblicke später zu Boden. Laif rief dem Schmied zu: „Wir tragen ihn zum Schiff, schnell." Thiel war zurück vom Schiff gekommen: „Du bleibst hier und bewachst die Kiste, aber Finger weg, die Ottern sind giftig." Sie fassten Rodgar unter den Armen und rannten Richtung Schiff. Norgert stand an der Reling und eilte ihnen entgegen. Laif rief: „Giftottern haben ihn gebissen, wo sind die Frauen?" Tyra, die Heilkundige, eilte herbei: „Bringt ihn auf das Schiff, ich brauche ein spitzes Messer."

Die Männer legten Rodgar, der keine Reaktion zeigte, an Deck. Sie beugte sich über seinen Arm: „Erla, lauf los, ich brauche Birkenblätter, Natternkopfkraut und Kamille, es eilt", dann zu den Männern, „haltet seine Arme fest, ich schneide die Bissstellen auf." Sie setzte zwei schnelle Schnitte, Blut strömte aus den Wunden, Rodgar zeigte keine Reaktion. Tiefe Trauer erfasste Norgert, das sah nicht gut aus für seinen treuesten Gefährten. Hatte Hel, die Göttin des Totenreichs, schon nach ihm gerufen, oder wollte ihn Wotan bei seinen Recken in Walhalla versammeln?

Erla kam zurückgehastet mit einem Armbündel Blätter und Kräuter. Einen Teil reichte sie Tyra, den Rest warf sie in einen vorbereiteten Topf über dem Feuer. Tyra nahm eine Auswahl in den Mund und zerkaute die Kräuter und

Blätter zu einem Brei, den sie als dicke Schicht auf Rodgars Arm strich, vermischt mit Speichel von ihr. Darüber legte sie einen Kräuterverband und konnte so die Blutung stillen. Sie blickte verzweifelt auf den Kranken. Würden die Saxen sie töten, wenn Rodgar starb? Es stand nicht gut um ihn und um sie.

Norgert ging zu Geral, welcher an der Reling lag, noch geschwächt von seiner Verwundung: „Du musst die Götter anrufen, Rodgar geht es sehr schlecht, er ist von Ottern gebissen worden, kannst du das schon?" „Ich darf meine Wunde nicht dehnen, sonst blutet die Stelle wieder. Macht ein Feuer neben dem Schiff und tragt Rodgar und Giso hin. Stellt mir einen Sitz an ihr Lager und hole mir meinen Beutel. Ihr müsst den gefangenen Piraten fesseln, die Götter werden ihr Opfer verlangen." So geschah es dann und alle warteten in der beginnenden abendlichen Dämmerung auf Tyras Heilungserfolge bei Giso und Rodgar.

Norgert schickte Enno in die Hütte zu Thiel, sie sollten die Schatzkiste zum Schiff bringen: „Vorsicht vor den Schlangen!" Sie machten vor der Hütte ein Feuer, steckten einen kräftigen Ast durch den Ring auf der Kiste und trugen sie vor die Hütte. Schlangenköpfe züngelten oben aus den Luftschlitzen: „Zurück, wenn die mit Gift spritzen", rief Enno. Sie setzten sie mitten in das Feuer, Schlangen flüchteten aus ihrem Versteck, weg von den sengenden Flammen. Die Männer schlugen allen die Köpfe ab und nahmen die Kiste aus dem Feuer. „Wir tragen sie zum Schiff, Norgert soll entscheiden, was damit geschieht."

Auf Norgerts fragenden Blick, sagte Enno: „Die Schlangen sind weg, wir haben sie ausgeräuchert." Norgert warf den Deckel zurück. Ein Haufen Dreck, alte

Schlangenhäute und Unrat kam zum Vorschein. Norgert schob alles zur Seite und spießte eine goldglänzende Kette auf. Die Zuschauer staunten, kamen jetzt die unglaublichen Schätze der Piraten zum Vorschein? Als alles gereinigt an Deck lag, war die Enttäuschung groß. Außer der Goldkette war kein wertvolles Stück dabei. Norgert gab sie Oddo, der das Schiff gestellt hatte, und verteilte die restlichen Ringe, Broschen, Fibeln und zwei Messer unter die Mannschaft, so wie er auch schon die gefundenen Waffen der Piraten verteilt hatte.

Als Hero hörte, dass der gefesselte Pirat den Göttern geopfert werden sollte, protestierte er heftig. Das machte großen Eindruck bei den Männern, er hatte sich nie gegen eine Entscheidung der Saxen oder Friesen aufgelehnt und war ein wertvoller Kämpfer gehen die Piraten gewesen. Er erklärte seine Haltung: „Ich bin von Geest losgezogen und habe unsere alten Götter angebetet, in Britannia jedoch einen neuen Gott kennen gelernt, den Christ. Prediger kamen aus Roma und erklärten diesen Gott und sein anderes Wesen. Er ist ein Gott des Friedens und der Liebe zu allen Menschen. Dabei hat er Gesetze, die eingehalten werden müssen. Der große Herrscher in Roma hat befohlen, dass alle Menschen an den neuen Gott glauben und seine Gesetze beachten sollen. So habe auch ich diesen Glauben angenommen und sage, Menschen dürft ihr nicht töten, der neue Gott würde euch streng bestrafen. Jeder Mensch kann ihn anrufen, ich werde es tun und um Heilung für Rodgar und Giso bitten."

Er sank auf die Knie und die Männer sahen staunend, wie er im stillen Gespräch mit seinem Gott vertieft war. Sie hatten nachdenklich zugehört und gaben unterschiedliche Kommentare: „So stark wie unsere Götter kann der Christ gar nicht sein, Wotan und Thor

117

herrschen schon seit vielen Wintern über die Welten."
„Lasst uns doch eine Ziege opfern, damit sind unsere
Götter auch zufrieden und wir bleiben mit dem neuen
Gott in Frieden", war die Meinung eines klugen Menschen
zu diesem Problem.

Thiel und Laif wurden losgeschickt, um eine der wilden
Ziegen einzufangen, welche auf der Insel lebten. Der
Einwand von Hero gegen Menschenopfer hatte dem
gefangenen Piraten, vielleicht auch noch Thiel und der
Kräuterfrau Tyra das Leben gerettet. Trotzdem musste für
die alten Götter geopfert werden, etwas anderes war für
die Saxen nicht denkbar. Am Schiff wurde ein großes
Feuer entzündet, Giso und Rodgar danebengelegt.

Für Geral stand ein Sitz bereit. Er hielt seinen heiligen
Stab mit beiden Händen in die Luft, in stiller Zwiesprache
mit dem Allgewaltigen.

Die beiden jungen Männer kamen mit einer jämmerlich
meckernden Ziege, die geschlachtet wurde. Norgert
spritzte ihr Blut in die Flammen, Geral rief:

„Allgewaltiger Wotan, Herrscher der Welten.
Hier liegen zwei Helden in ihrem Blut,
Die ihre Wunden im Kampf gegen die
Schändlichen Piraten erhalten haben.
Wir können sie nicht retten,
Hilf uns, nimm unser Opfer an,
Damit sie in unserer Mitte bleiben können."

Geral, von seiner Verletzung noch geschwächt. fiel
vornüber, Norgert fing ihn auf und trug ihn zurück aufs
Schiff. Jetzt hieß es warten und auf Heilung der
Verwundeten hoffen.

Enno befreite den Piraten von seinen Fesseln und
Norgert übergab ihn an Oddo: „Das ist dein zukünftiger
Herr, für den du arbeiten musst." Oddo gab ihm einen

Streich mit einer Gerte über den Rücken: „Du wirst immer tun, was ich dir sage, sonst wirst du meine harte Hand spüren." Laut auflachend ließ er die Gerte durch die Luft pfeifen: „Oder ich werde dir deinen Übermut noch ganz anders austreiben", er zeigte ihm grinsend sein langes Messer. „du bekommst einen neuen Namen, wir werden dich Menno nennen, dann bekommst du auch kein Heimweh." Der Sklave, der er jetzt war, nickte und sagte: „Ja Herr, ich werde alles tun, was ihr von mir verlangt."

Tyra sah Hero dankbar an, sie wusste, ihr Leben verdankte sie ihm. Für Rodgar hatte sie wenig Hoffnung, nachdem sie alles getan hatte, um sein Leben zu retten. Sie ging zu ihm, und sagte: „Herr, ich möchte eure Magd sein, nehmt mich mit und den Jungen." Jetzt war Hero im Zweifel, er sah die ansehnliche junge Frau verlockend vor sich, sie mochte dreißig Winter sein und damit mit ihm gleichaltrig, er hatte gehört, dass Norgert sie zu den Friesen schicken wollte.

„Ich muss mit Norgert sprechen", sagte er. Sie fasste seine Hand und bat noch einmal darum, sie mitzunehmen: „Ich will nicht zu den Friesen." „Komm mit mir, wir fragen Norgert." Der wiegte zweifelnd den Kopf, als er von Tyras Ansinnen hörte: „Ich spreche mit Oddo, ob er sie wieder hergibt."

Inzwischen war es dunkel geworden, die Feuer an Deck, und an der Opferstelle brannten hell. Die Saxen und die Friesen brachten je zwei Kähne der Piraten zum Schiff, die als Beute mitgenommen werden sollten. Die Saxen beluden ihre Kähne mit Schmiedewerkzeug und der Holzkohle. Die Friesen hatten vor allem Waffen und Küchengerät erbeutet. Auf das Schiff hatten sie zwei große Getreidesäcke und vier eingefangene Ziegen gebracht.

Die richtige Zeit, um die Flut für die Heimreise zu nutzen hatten sie versäumt, Norgert bestimmte die Abfahrt auf den nächsten Morgen bei Sonnenaufgang. Für Tyra hatte er noch eine gute Nachricht, Oddo war einverstanden, sie nach Geest ziehen zu lassen. Er hatte die Goldkette bekommen und war zufrieden. Tyra bereitete das Nachtlager für sich und den Sohn neben Hero an Deck des Schiffes. War das nach Jahren der Sklaverei bei den Piraten ein Zeichen der Freiheit, ein heller Schimmer am Himmel für sie und den Sohn?

Ablegen am nächsten Morgen, die Männer stakten das Schiff vom Ufer frei und besetzten die vier Ruder. Die Kähne wurden hinten am Schiff angebunden und mitgeschleppt. Segel setzen war unter Land noch nicht möglich, der Wind fehlte. Laif stand an der Pinne und gab den Takt für die Ruderer vor. Der Morgennebel lichtete sich und die Insel verlor sich am Horizont. Die Saxen und Friesen hatten ein menschenleeres Eiland hinterlassen und berechtigte Hoffnung die Piratenplage los zu sein.

Die Oye Sand blieb backbord zurück und der Flutstrom erfasste das Schiff. Das anstrengende Rudern konnte eingestellt werden, außerdem kam auflandiger Wind auf, das Segel wurde auf Laifs Kommando gesetzt. Er hatte sich innerhalb kurzer Zeit zu einem brauchbaren Steuermann entwickelt und trug seinen Namen Schipper zu Recht und mit Stolz. Um die Mittagszeit war der Priel zur Friesenwurt erreicht und die Saxen stiegen auf ihre Kähne um.

Rodgar wurde in einen Kahn gehoben, mit Sorge sah Tyra, dass sein Zustand sich kaum gebessert hatte. Zwei Männer stiegen zu ihm als Paddler. Für die weiteren Kähne wurden ebenfalls je zwei Männer vorgesehen, Tyra und der Junge stiegen bei Hero und dem Schipper ein. Die kleine

Flotte von vier Kähnen verabschiedete sich von den Friesen, mit denen sie inzwischen eine herzliche Freundschaft verband. Die Friesen stakten ihr Schiff weiter in den Priel hinein. Oddo war froh, Sohn Giso ging es besser, er brauchte seiner Gefährtin Egga keine schlechten Nachrichten zu bringen.

Für die Saxen war Eile geboten, sie wollten den Flutstrom nutzen, sonst wäre bei den schwach bemannten Kähnen eine Rückkehr mühselig geworden. Das letzte Stück mussten sie dann noch kräftig im Stauwasser paddeln, ehe sie am frühen Abend den heimatlichen Priel erreichten, freudig begrüßt von dem ganzen Dorf. Norgert ging zu Erma und teilte ihr mit, wie schwer ihr Gefährte Rodgar durch die Schlangen vergiftet wurde und machte sie mit Tyra, der Heilkundigen, bekannt, die ihr sagte, dass sie alles getan hatte, um ihn zu heilen.

Und es gab eine gute Nachricht, Rodgar hatte sich bewegt und gefragt: „Bin ich zu Hause?" Die Nachricht von der Besserung in seinem Zustand machte im Dorf die Runde. Man hatte das Schlimmste befürchtet, nach den Erzählungen der Heimkehrer. Hero mit seiner geheimnisvollen Zwiesprache mit seinem Gott war in aller Munde. War sein Gott doch mächtiger als die Götter der Vorväter? Norgert beschloss eine Versammlung einzuberufen, um alle Dorfbewohner über die Vorgänge auf der Pirateninsel zu informieren. Das sollte am kommenden Abend geschehen.

Die Männer wurden von ihren Gefährtinnen und Kindern liebevoll wieder in Empfang genommen. Geeske schnappte sich ihren Rulf, zog ihn in eine dunkle Ecke und holte sich erst einmal alle vermissten Zärtlichkeiten von ihm zurück. Laif erging es nicht anders, Iska ließ niemand an ihn heran, er gehörte jetzt ihr allein. Die Verletzungen von Geral und Norgert brauchten noch Pflege, waren aber nicht bedrohlich.

Eine große Sorge sah Norgert auf sein Dorf zukommen, die Springfluten nahmen zu und würden bei auflandigem Wind das Dorf, die Weiden und Felder wieder mit Salzwasser überschwemmen. Das bedeutete Not und Elend für die Dörfer am Strom. Das Vieh konnte sich retten auf die Wurten, aber Wiesen und Feldern bekam das Salzwasser nicht, die Ernte fiel kärglicher aus. Er schob die Gedanken daran zur Seite, die glückliche Heimkehr von der Birateninsel stand im Vordergrund.

Der gemeinsame Abend in seinem Langhaus war gut besucht, fast alle waren da und wollten Neues über die Piraten hören. Rodgar kam gestützt auf Sohn Otker. Er bekam einen bequemen Platz in der ersten Reihe und hielt durch bis zum Schluss. Norgert berichtete über die Tage auf der Insel und stellte Tyra als Heilkundige vor. Sie sollte als Heros Magd mit ihrem Sohn vorerst bei ihm im Langhaus wohnen. Rodgar bedankte sich mit schwacher Stimme bei ihr für die Pflege, die ihm wohl das Leben gerettet hatte. Tuschelnde Stimmen verrieten, dass die Mehrheit der Zuhörer ganz anderer Meinung war, Hero und sein Anruf an den Christ waren für seine Heilung entscheidend gewesen.

Große Beute hatten die Männer nicht mitgebracht, wichtig war, alle waren wieder zurückgekommen und es gab keine Piraten mehr auf der Insel. Der Schmied und sein Werkzeug wurden nicht weiter beachtet, man war bisher ohne Schmied ausgekommen, es würde auch in Zukunft ohne ihn gehen. Er bekam zusammen mit Erla eine Unterkunft bei Gisbert und Fehild am Rande des Dorfes.

1 7
HEROS WEG

Die Entfernung ist unwichtig,
Nur der erste Schritt ist wichtig.
Marie de Vichy Chamrond (1697-1780)

Hero wurde aufgefordert über seine Zeit in der Fremde als römischer Auxiliar Legionär zu berichten. Er sagte zu Norgert: „Das wird eine lange Geschichte." „Erzähle sie, meine Dörfler wollen es hören."

Die Krüge wurden nachgeschenkt und alle warteten gespannt auf Heros Geschichte. Nachrichten aus einer für die Dorfbewohner fernen Welt hörte man selten. Sie wurden aufgesogen und so genau behalten, dass die Geschichte zu Hause wortgetreu wiedergegeben werden konnte. Hero begann seinen Bericht.

„Als ich mein Heimatdorf verließ war ich noch keine 15 Winter alt. Norgert, der ältere Bruder, hätte mich gerne behalten, Arbeit gab es auf dem Hof in überreichem Maß. Mir wurde es in Geest zu eng. Durchziehende Händler hatten mit ihren Geschichten und den fremdländischen Waren meine Gedanken auf die ferne Welt gelenkt. Mutter gab mir ein zweites Gewand und eine Wegzehrung, Vater einen Fischspeer mit auf den Weg. Das waren, außer den Tränen der Mutter, meine einzigen Begleiter.

Norgert brachte mich mit unserem Kahn auf das andere Ufer der Wissuhr. Zunächst zog ich durch vertrautes Land Richtung Sonnenuntergang, die Wiesen und Felder ähnelten den unseren und die Sprache der Bewohner konnte ich gut verstehen. Abends fragte ich nach einem Nachtlager bei den Bauern, was mir gerne gewährt wurde. Ich schlief im Stroh und arbeitete am Tag für mein Essen. In den ersten Tagen und Wochen musste ich meist Torf stechen, später bei den Bauern im Hügelland Vieh hüten und Ställe ausmisten.

Ich zog durch das Land der Friesen, einem rauen Volk und blieb einige Monde bei einem großen Bauern, der viel Arbeit für mich hatte und mich gut behandelte. Es mangelte ihm an Hilfe auf seinem großen Hof und er hätte mich gerne behalten. Die Friesen nahmen mich mit auf einen der Raubzüge mit ihrem Langschiff und kämpften auch mit Piraten.

Der Bauer versprach mir seine Tochter als Gefährtin und eine Erbschaft auf dem Hof, wenn ich bliebe. Inga war eine junge Frau, die mir gefiel und sie war schuld, dass ich einige Monde blieb. Ich war noch jung, sie war einige Winter älter, und ich ließ das sichere, aber arbeitsreiche Leben hinter mir und verschwand eines Nachts Richtung Grenze des Römerreichs. Der Drang in die Fremde und Neues zu erfahren, zog mich fort.

Als ich in das Land der Brukterer kam, begegnete ich den ersten römischen Legionären mit Helm, Brustpanzer und Beinschienen in voller Bewaffnung mit Speer,

Kurzschwert und Schild. Eine Gruppe von vier Legionären war in dem Germanendorf, um Hilfslegionäre anzuwerben. In mir, dem mageren, schlecht gekleideten Jüngling sahen sie ein leichtes Opfer. Sie umstellten mich, bedrohten mich mit ihren Speeren, ihr Anführer sagte: „Jetzt gehörst du zu unserer Legion." Er gab mir einige Kupfermünzen: „Das ist dein Handgeld, wir bringen dich jetzt in unser Lager." Ich wurde in ein befestigtes Lager mit Wall und Graben geführt, in dem sich noch mehrere Legionäre aufhielten.

Dort wollten sie mich an einen Pfahl anketten, welcher in den Boden gerammt war und an den bereits zwei junge Männer gefesselt waren. „Den braucht ihr nicht festzubinden," rief ihr Anführer, ein Decurio (Unteroffizier), „der ist so mager, der kann doch kaum noch laufen." Ich musste mich daneben setzen und unter Androhung einer schlimmen Strafe, wurde mir verboten, mich von der Stelle zu rühren.

Der Decurio hatte sich getäuscht, ich war mager, aber durch die lange Wanderung zäh und marschieren gewöhnt. Bei Anbruch der Dunkelheit sprang ich über Wall und Graben und rannte weiter in Richtung Sonnenuntergang. Zum Glück hatte man mir den Fischspeer gelassen, ohne den ich mir hilflos vorgekommen wäre. Die Kupfermünzen hatte ich behalten, sie kamen mir vor wie ein Schatz, ich hatte noch nie Münzen in der Hand gehabt. Ich rollte mein Beinkleid etwas hoch, legte die Münzen hinein und steckte die so entstandene Tasche mit einigen Dornen fest.

Die ganze Nacht rannte ich im Licht der Sterne weiter, erst bei beginnendem Sonnenaufgang gönnte ich mir etwas Ruhe in dichtem Buschwerk. Ich suchte mir wieder Arbeit und bekam dafür eine Schlafstelle und Essen. So kam ich an einen großen Strom, den Rhenus, der Grenze zwischen Germanen und dem Reich der Römer.

Ich wanderte am Strom entlang, bis ich an eine große Stadt kam. Ihr Name war Colonia Agrippina (Köln), wie ich später erfuhr. Ich wusste nicht, ob der Zugang erlaubt war und spähte von einem Hügel auf die großen Häuser und kleineren Katen der vielen Bewohner. Eine große Brücke führte über den Strom, am diesseitigen Ufer war ein Kastel zum Schutz der Stadt und der Brücke. Ich ging auf das Kastel zu und kam auch durch das erste Tor. Am zweiten Tor unmittelbar vor dem Aufgang zur Brücke wurde ich von einem Doppelposten mit gekreuzten Speeren aufgehalten.

„Wo willst du hin?", wurde ich gefragt. „In die große Stadt auf der anderen Seite des Stromes. Ich will nach Arbeit suchen." „Arbeit haben wir für dich auch, warte ich rufe den Decurio." Ein Unteroffizier kam, der mich mitnahm in seine Unterkunft. „Ich bin Germane wie du, aber vom Stamm der Ubier, du kannst mich doch verstehen?" Ich nickte zustimmend.

„du bist hier im Kastel Divitia, hier liegt die IX-Kohorte der Legio XXII. Wir bewachen den Zugang zur großen Rhenus Pons und suchen Auxiliar Legionäre für eine neue Kohorte, welche für die Legio XX Valeria Victrix in Britannia bestimmt ist." Die Namen und der Ort Britannia sagten mir nichts.

„Wenn du dich anwerben lässt, erhältst du Nahrung, Unterkunft, Bewaffnung und Kleidung." Ich war hungrig und hatte mich die letzten Monde nur mit Not durchgeschlagen, dies erschien mir als sichere Zukunft und ich stimmte der Anwerbung zu. „du bekommst jetzt von mir ein Handgeld, in Zukunft auch eine Entlohnung und musst dein Zeichen auf diese Liste setzen."

Der Decurio trug meinen Namen in die Liste ein. Ich machte ein Kreuz an der bezeichneten Stelle und bekam das mir schon bekannte Handgeld, ein Lockmittel, welches ich später am anderen Bein in der gleichen Art versteckte. Alles trat so ein, wie der Decurio mir beschrieben hatte, nur dass von der kargen Entlohnung die Kosten für Verpflegung, Kleidung und Bewaffnung abgezogen wurden und von den zwei Denar nichts übrigblieb, habe ich erst später erfahren.

Er übergab mich einem schwarzbärtigen Legionär mit Namen Kelim, der mir meinen Essen- und den Schlafplatz zeigte. Er kümmerte sich um mich und richtete den Schlafplatz neben seinem ein. Verstehen konnte ich ihn schlecht, er war aus der Provinz Syria und hatte schon das gesamte römische Reich gesehen. Es dauerte nicht lange und ich hatte einige Worte der lateinischen Sprache erlernt und mit seinen Kenntnissen der Sprache der Ubier, konnten wir uns gut verständigen. Nach dem für mich aufregenden Tag, schlief ich tief und fest.

Am nächsten Tag wurde ich eingekleidet zusammen mit fünf weiteren Legionären. Die ungewohnte schwere und steife Kleidung, besonders die festen Schuhe, waren eine Plage für uns. Dazu kam das Gewicht der Waffen und des Schildes. Wir mussten marschieren üben, was uns sehr schwerfiel. Dann gab es Übungen im Schwerterkampf, auch das war ungewohnt, Arme und Handgelenke schmerzten. Alle Plage war vergessen, wenn es Essen gab. Das war reichlich und wohlschmeckend, wie ich es lange nicht gehabt hatte.

Endlich glaubten die Ausbilder uns bereit zu haben für einen Kampfeinsatz. Wir marschierten mit unserer Centurie bis zur Stadt Xantum und übernachteten im dortigen Kastel. Am nächsten Tag marschierten wir von

Sonnenaufgang bis zur Mittagszeit zu einem Dorf der Brukterer, die einen Überfall auf einen Wachturm am Rhenus verübt und vier Legionäre getötet hatten. Das Dorf war menschenleer, auch das Vieh weggetrieben. Die vom Centurio ausgesandten Späher fanden in einer der zehn Langhäuser den Helm eines Legionärs. Das war für ihn Beweis genug und auf seinen Befehl wurden alle Häuser und Vorratsschober in Brand gesteckt, die angrenzenden Felder verwüstet. Zu Kampf kam es nicht, da der Centurio auf eine Verfolgung verzichtete, die bessere Ortskenntnis war auf Seiten der Brukterer.

Es war ein anstrengender Marsch zurück zum Kastell Divitia, zwei Tage quer durch das Gemanenland, um die Anwesenheit und Macht des Imperiums zu zeigen. Für die Nacht mussten wir in anstrengender Arbeit unser Lager mit einem Wall und auf Karren mitgeführten Pfählen umgeben. Im Kastell Divitia erwartete uns eine Überraschung. Der Centurio hielt eine Ansprache und erklärte uns, dass wir am folgenden Tag nach Britannia verschifft würden. Dort würden wir der XIV. Kohorte der XX. Legio Valeria Victrix zugeteilt.

Am folgende Tag marschierte wir in der Frühe über die Rhenus Pons zum Hafen in Colonia Agrippina und wurden auf ein dickbäuchiges Schiff von 25 Schritt Länge, die Matrosen nannten es eine Knorr, verladen. Für die berittene Abteilung mit den Pferden war ein dahinter liegendes Schiff gleicher Bauweise bestimmt. Es war eng für uns Legionäre, wir saßen dicht an dicht auf und unter Deck.

Als die Sonne am höchsten stand, legte das Schiff ab. Das Segel wurde nicht gesetzt, der Wind stand ungünstig. Von der Strömung des Rhenus und den Ruderern getrieben, begann unsere Reise stromabwärts. An Deck des Schiffes waren auf jeder Seite fünf Ruderbänke für je einen Ruderer.

Das Land wurde flach und weit, der Strom immer breiter. Bald wurde das Segel gesetzt und es ging in flotter Fahrt der Mündung des Stromes in das unendlich weite Meer zu. Ein gewaltiger Sturmwind fasste uns und das Segel musste schnellstens geborgen werden, sonst wäre es zerfetzt worden. Wir staunten über die Gewalt von Wind und Wellen. Der Steuermann legte das Schiff mit dem Bug gegen die Windrichtung, sodass der hoch aufragende Bug die anrollenden Wellen teilen konnte. Von Vorteil waren auch die hohen Bordwände gegen die Wellen, die auf dem Strom nicht nötig waren. Trotzdem wurden alle die an Deck saßen, nass bis auf die Haut, ich gehörte dazu.

Ein seltsames Gefühl von Übelkeit überkam mich, die Seekrankheit, wie der Steuermann sagte. Die Ruderer mussten Schwerstarbeit leisten und gegen die Wellen anrudern, sonst wären wir wieder in den Strom zurückgetrieben worden. „Wir müssen den Göttern opfern", rief der Steuermann. Er übergab die Pinne einem Gehilfen, nahm aus einem Käfig einen lebenden Hahn und hielt ihn hoch in die Luft. „Allmächtiger Wotan, nimm unser Opfer an und besänftige Wind und Wellen", rief er und warf den Hahn hoch in den tosenden Sturm. Ganz zufrieden schien der Allmächtige nicht mit dem Opfer zu sein, der Sturm tobte weiter. Die Ruderer waren erschöpft und wurden von Legionären abgelöst.

Gegen Abend flaute der Sturm ab und drehte. Das Segel konnte gesetzt werden und die Fahrt ging weiter Richtung Küste von Britannia. Der Steuermann richtete sich nach den Sternen, dass er sein Handwerk verstand, sah man, das Ziel wurde im Morgengrauen erreicht."

Hero war müde, seine Ausdauer im Erzählen war erschöpft: „Soweit mein Weg nach Britannia, von meinen Jahren dort kann ich euch noch vieles berichten. Ein anderes Mal." Die Zuhörer waren zufrieden und bedankten sich, nicht ohne noch einen kräftigen Zug aus den nachgefüllten Krügen genommen zu haben. Die Gefährtinnen mit den Kindern waren schon nach ihrem Heim verschwunden und auch Hero zog es zu seinem Nachtlager an der Seite von Tyra. Vielleicht erwartete ihn dort noch eine freudige Überraschung.

18
HERO IN BRITANNIA

Alles geben die Götter, die unendlichen Ihren Lieblingen ganz,
alle Freuden, die unendlichen, alle Schmerzen, die unendlichen,
ganz.
Johann-Wolfgang von Goethe (1750-1832)

Ob Heros heimliche Wünsche in Erfüllung gingen, darauf wollen wir nicht näher eingehen, sondern seinen Weg in Britannia verfolgen.

Die Legionäre wurden an dem großen Fluss Tamesis angelandet und im Kastell der IX. Kohorte einquartiert. Hero wunderte sich, er hörte viele bekannte Laute, die große Mehrzahl der dort dienenden Legionäre waren Saxen aus dem Gebiet zwischen Wissuhr und Albis.

Die neuen Legionäre wurden auf die verschiedenen Centurien der Kohorte verteilt, Hero kam zur IV. Centurie. Der Centurio ließ die Neuen antreten und hielt eine Ansprache in einem säxischen Dialekt, den Hero gut verstehen konnte. Er begrüßte die Neuen und sicherte gute Behandlung zu, verlangte aber Ordnung und absoluten Gehorsam. Als nächste Unternehmung kündigte er ein Strafaktion gegen eine Befestigung der Briten an, welche zwei Dörfer von Neusiedlern geplündert und die Bewohner erschlagen oder in die Sklaverei entführt hatten.

Die Legionäre wurden in ihre Quartiere eingewiesen und erhielten ihre Mahlzeit. Am nächsten Tag begann der anstrengende Marsch zu ihrem Einsatzort. Zwei Centurien, verstärkt durch eine berittene Abteilung wurden in Marsch gesetzt. Zweimal musste Nachtlager bezogen werden in schnell befestigten Lagern, bevor die ausgeraubten und in Brand gesteckten Dörfer erreicht wurden. Einzelne Bewohner waren aus ihren Verstecken zurückgekommen und berichteten von schrecklichen Gräueltaten der Briten. Männern hatten die Angreifer erst Ohren und Nase abgeschnitten und dann erschlagen, kräftige junge Männer wurden als Sklaven weggeschleppt. Kinder waren mit den Speeren ihrer Väter an die Hauswände genagelt worden, keines der Mädchen und Frauen kam ungeschoren davon, ihnen wurde Gewalt angetan und am Hals aneinander gefesselt wurden sie in die Sklaverei verschleppt.

Da die Einwohner in der Mehrzahl Saxen und Jüten waren wuchs der Zorn der Legionäre und der Ruf nach Rache. Die Legionäre wussten, dass die Saxen auf ihren Kriegszügen die Gegner ebenfalls nicht schonten. Es war nach dem alten Götterglauben auch ein Opfer für die Kriegs- und Rachegötter, an die sie glaubten. Auch bei den meist schon zu dem Christengott bekehrten Saxen in Britannia lebte der alte Glaube noch lange weiter. Drei Tage blieben sie in den Dörfern, halfen beim Aufbau der niedergebrannten Gehöfte und versorgten die Bewohner mit mitgebrachten Vorräten.

Reiter wurden als Späher vorausgeschickt, dann folgten die Fußtruppen. Die Späher meldeten eine verlassene Befestigung der Briten, die natürlich die starke Truppe der Verfolger längst ausgespäht hatten. Die Befestigungsanlagen wurden gründlich zerstört, die räuberische Truppe der Briten mit den Entführten wurde jedoch nicht entdeckt. Der Befehlshaber der Centurien wollte mit seiner Truppe nicht weiter vorrücken, um nicht in einen Hinterhalt zu geraten. Die Legionäre blieben vier Tage in der Befestigung der Briten, zerstörten ringsum liegende Dörfer und Felder und machten sich wieder auf den mühsamen Rückmarsch in ihr Kastell.

Die ersten Jahre Heros verliefen in regelmäßigen Einsätzen gegen die ansässigen Briten, die sich aber immer weiter zurückzogen. Das Kastell der IX. Kohorte wurde mehrfach verlegt, um in der Nähe der hartnäckigen Gegner zu sein. Schließlich war man nahe der Grenze zu Cymru (Wales) angelangt.

Älteren verdienten Legionären wurden in der Nähe des Kastells Landbesitz zur Besiedelung übergeben. So auch Heros Freund Betar, während er selbst im Kastell verblieb. Betar, ein Legionär, welcher seit 20 Wintern bei der Kohorte diente, war zum Decurio aufgestiegen. Er hatte Kora, eine Britin, zur Gefährtin erwählt und lebte mit ihr und seiner Tochter Endis etwa eine Wegestunde vom Kastell entfernt. Er hatte drei Rinder, Gerste und Emmer Felder und die notwendigen Weiden für das Vieh.

Es blieb nicht aus, dass Hero Gast bei Betar war und Endis begegnete. Und da entstand für den jungen Mann die erste große Liebe seines Lebens. Endis war eine schlanke, groß gewachsene junge Frau, der sofort Heros

Herz zuflog. Sie erinnerte ihn mit ihrem Blondhaar und ihrem geschickten Hantieren in Haus und Hof an seine Mutter im fernen Saxenland.

Ihre Eltern bemerkten die gegenseitige Zuneigung und waren zufrieden mit der Wahl der jungen Leute. Hero nutzte jede freie Stunde zum Besuch des Hofes und suchte die Nähe seiner 17-jährigen Favoritin. Als er sie fragte: „Willst du meine Gefährtin fürs Leben werden?", war sie von seinem ehrlichen Bemühen um sie überzeugt und stimmte zu.

„du musst Vater fragen, der wird es erlauben, oder verbieten." Das war für Hero eine gute Antwort, Betar war auf seiner Seite. Er drückte seine Angebetete an sich und überhäufte sie mit stürmischen Liebkosungen. Sie befreite sich aus seinen Armen und eilte zurück zu ihrer Arbeit, von der er sie abgehalten hatte. Hero zögerte nicht lange, beim nächsten Besuch wandte er sich mit seinem Ansinnen an seinen Freund: „Betar, mein Vater ist im fernen Saxenland, er kann nicht für mich werben, deshalb frage ich dich, ob du mir deine Tochter zur Gefährtin geben willst?" So war schlicht und einfach sein Ansinnen vorgetragen.

Betar rief seine Gefährtin Kora und Tochter Endis, welche mit hochrotem Kopf erschien, sie ahnte das Werben um sie. Ihr Vater fragte, ob sie von Heros Absichten wusste und wie sie dazu stand. Statt einer Antwort fiel sie mit schamhaft gesenktem Kopf ihrem Liebling, der er längst war, in die Arme. Betar, der es dem jungen Paar nicht zu einfach machen wollte, sagte: „Du kannst morgen um die Abendstunde wieder kommen, wir werden dann eine Antwort für dich haben."

Man kann sich vorstellen mit welcher Spannung der junge Mann den nächsten Abend erwartete. Er kaufte bei einem Händler ein goldglänzende Kette mit einem Glücksring, beides nicht aus Gold, sondern aus Bronze. Für das teure Edelmetall fehlte ihm das Geld. Auf Betars Hof erwartete ihn eine zaghaft lächelnde Endis, welche wohl die Entscheidung der Eltern schon vernommen hatte. Hero wurde eingeladen sich zu den Eltern an das abendliche Feuer zu setzen, Endis stand bescheiden im Hintergrund.

„Wir haben beschlossen", hörte mit angstvoller Spannung der junge Brautwerber, „Dir unsere Tochter zur Gefährtin zu geben", beendete Betar den mit Spannung erwarteten Satz. Glücklich sprang Hero auf und drückte die ebenso glückliche Endis an sich. Dann umarmte er Mutter und Vater seiner Liebsten. Er zeigte den Eltern die Kette und hängte sie Endis um. Erst jetzt bemerkte er die zu zwei Zöpfen geflochtene Haarpracht und das neue Gewand, die Mutter hatte sie schön gemacht für diese wichtige Entscheidung für ihr Leben.

Betar griff hinter sich und reichte seiner Tochter ein Messer mit Hirschhorngriff und leicht gebogener Schneide, Endis gab es Hero und drückte sich zärtlich an ihn. „Kette und Messer sollen als Geschenke eure Zusammengehörigkeit und Treue festigen. Wir bitten den Christengott um den Segen für euch." Für Hero war es der schönste Tag seit er in Britannia war. Er durfte aber nicht bei seiner Liebsten übernachten, die Dienstvorschriften verboten das, er musste zurück zum Kastell. Erstaunt hatte er gehört, dass Endis und die Eltern ihren alten Göttern abgeschworen hatten und den Christengott anbeteten.

Er eilte zurück und berichtete den Legionären in seiner Unterkunft von seinem Glück. Das war auch Verpflichtung zwei große Krüge mit Bier aus der Kantine zu holen und gemeinsam mit den Kollegen auszutrinken.

Die Legionäre fragten ihn aus nach seiner Gefährtin, er schilderte sie mit begeisterten Worten. Erst als Fragen nach ihren weiblichen Reizen kamen, hob er den Krug und sagte: „Sie hat alles, was ihr euch vorstellen könnt und noch mehr, Schluss mit der Fragerei."

Betar sprach mit dem Centurio und erhielt die Erlaubnis für Hero, im Kastell hieß er Herstus, an zwei Tagen in der Woche auf seinem Hof zu übernachten, was er mit der Hilfe des jungen Mannes auf seinem Hof begründete. So kam Hero zu seinem Recht auf ein enges Zusammensein mit seiner geliebten Endis. Die Eltern hatten dem jungen Paar im hinteren Teil des Langhauses eine Lagerstatt eingerichtet. Dort konnten sie ihre gegenseitige Zuneigung ausleben, dick zugedeckt unter Decken und Fellen. Hero hatte seiner Liebsten so viel zu erzählen über das Saxenland, seine Eltern und wie er sich nach einer Gefährtin gesehnt hatte.

Die Zeit lief viel zu schnell für die jungen Leute und, was Wunder, all ihre Zuneigung und Nähe mündeten in der Geburt eines Sohnes nachdem wieder ein Winter vergangen und ein neuer Sommer sich mit der aufsprießenden Natur zeigte. Hero war glücklich und am nächsten Tag ging er zu dem Verkünder des neuen Glaubens und wurde als Christ getauft. Nach seiner Überzeugung hatte der neue Gott nach der Fürsprache von Endis Eltern sein Glück bewirkt. Kein schrecklicher Donner ertönte, kein Blitz von Gott Thor traf ihn, es war eine richtige Entscheidung. Er war einfach glücklich und es kümmerte ihn nicht, ob die alten Götter, oder der neue Christengott dafür zuständig war.

Sie gaben dem Sohn den Namen Rerk, er sollte ein starker Krieger werden, welcher sein Haus und Familie beschützen und ernähren konnte. Endis und Hero gingen wieder zu dem Prediger im Kastell und ließen den Sohn am nahen Bach taufen. Der ehrwürdige Verbreiter des Christenglaubens kam aus Cymru und sprach seine Segenswünsche zur Aufnahme es kleinen Rerk in die Christengemeinde in gälischer Sprache, welche die Eltern nicht verstanden, aber ergriffen waren von der feierlichen Handlung. Endis Mutter wiederholte zudem die Worte des heiligen Mannes, welche sie als Britin verstand.

Die nächsten Jahre vergingen für Hero glücklich und in Zufriedenheit. Er war für Betar und Kora eine große Hilfe auf dem Hof. In gemeinsamer Arbeit wurde ein Anbau an das Langhaus fertiggestellt in den er mit Endis und dem kleinen Rerk einzog. An seinen freien Abenden spielte er mit dem Sohn, der sich prächtig entwickelte. Dabei soll nicht verschwiegen werden, dass seine Leidenschaft für die Gefährtin ungebrochen war. Für Endis war das eine große Freude, aber manchmal musste sie seine allzu stürmischen Attacken auch bremsen. „Morgen musst du bei Sonnenaufgang im Kastell sein, wir müssen jetzt schlafen und uns auf den Sonnentag freuen." Brummend ließ er dann von ihr ab und folgte dem Ratschlag.

Eine Trennung stand ihnen bevor. Der Praefectus, Befehlshaber der IX. Kohorte, ordnete einen Feldzug gegen die Briten an, die vollzählige IV. Centurie sollte daran teilnehmen. Abmarsch war für den folgenden Tag befohlen, nur eine kleine Besatzung unter dem Befehl von Betar blieb in dem Kastell zurück. Der Befehlshaber der ebenfalls teilnehmenden III. Centurie leitete das Unternehmen. Anstrengende Tage standen den Legionären bevor. Der Marsch sollte tief in das Land der Briten gehen.

Nach fünf Tagen wurde ein festes Lager bezogen, die Legionäre schufteten am Wall und den Palisaden. Von hier sollte die Strafaktion gegen die Briten ausgehen, doch es kam anders. Die Briten hatten die Aktion ausgekundschaftet und starteten eine Gegenaktion in das römische Gebiet. Kundschafter ihrer Gegner waren von den Centurien bemerkt, aber nicht weiter beachtet worden. Der Befehlshaber vertraute auf die Stärke seiner bewährten Truppe.

Ein Reiter erschien und brachte eine Nachricht vom Kastell. Der Befehlshaber befahl eilends den Rückmarsch der gesamten IV. Centurie zurück zum Kastell, die III. Centurie blieb im Land der Briten. Was war geschehen? Die Meldung besagte, dass die Briten das Kastell angegriffen und zerstört hätten, was der Centurio nicht glauben konnte. Zur Vorsicht schickte er darauf die Hälfte seiner Legionäre, Heros Centurie, zurück. Hero hatte die Schreckenstaten in dem Dorf der Saxen gesehen und war voller Bangen um seine Familie.

Endis war mit Mutter Kora mit den alltäglichen Arbeiten auf dem Hof beschäftigt. Sie reinigte die Viehställe und legte neues Stroh auf, die Mutter rührte in einem Topf über dem Herdfeuer die übliche Mittagsmahlzeit an, Gerstengrütze. Der inzwischen dreijährige Rerk spielte in einem Erdhaufen neben dem Hoftor. Einige Gestalten wurden am Waldrand sichtbar. In freudiger Erwartung legte Endis die Hand über die Augen gegen die blendende Sonne, kamen die Legionäre etwa schon zurück?

Als sie den ungeordnet heranstürmenden Haufen deutlicher sah und dass jetzt vernehmbare laute Geschrei hörte, durchfuhr sie ein Schreck, das konnten keine Legionäre sein, das waren die Erzfeinde, die Briten. Sie rannte zu Rerk und nahm ihn auf den Arm, aber da waren die ersten Briten schon bei ihr, entrissen ihr den Kleinen und schleuderten sie zu Boden.

Die Kleidung wurde ihr heruntergerissen, gierige Hände griffen schmerzhaft nach ihr, sie wehrte sich verzweifelt. Die Mutter kam schreiend aus dem Haus gerannt und warf sich schützend über sie. Einer der Männer stieß Kora wütend seinen Speer in den Rücken, Endis riss diesen mit letzter Kraft an sich und stieß ihn dem über ihr knienden Rohling in den Bauch. Sie erhielt einen furchtbaren Schlag auf den Kopf, es wurde schwarz vor ihren Augen, jede Wahrnehmung verließ sie.

Die heraneilende Centurie sichtete schwarze Rauchwolken und eilte mit doppeltem Tempo zum Kastell. Die schlimmsten Befürchtungen wurden wahr, alle Gebäude waren in Brand gesteckt, die Palisaden niedergerissen worden. Von den fünfzehn als Bewachung zurückgelassenen Legionären wurde keiner lebend angetroffen. Betar und drei aus seiner Mannschaft wurden erschlagen aufgefunden, der Rest war wohl in die Sklaverei verschleppt worden.

Hero war verzweifelt, er erhielt die Erlaubnis auf Betars Hof nach seiner Familie zu sehen. Der Centurio schickte ihn mit zwei Legionären los, sie rannten über die Heide und durch den Wald bis an das Gehöft. Er wollte es nicht glauben, da lag Endis mit eingeschlagenem Schädel und daneben die Mutter. Mit einem Aufschrei warf er sich über seine Liebste, Tränen strömten über sein Gesicht, ein nie gekannter Schmerz zerriss ihm schier die Brust. Seine beiden Kameraden hoben ihn hoch und versuchten ihn zu beruhigen. Sie hatten ihm den schlimmsten Anblick erspart. Die Angreifer hatten den kleinen Rerk mit einem Speer an das Hoftor genagelt. Die Legionäre hatten den

139

kleinen Jungen losgemacht und neben Endis auf den Boden gelegt.

Für Hero brach eine Welt zusammen, er konnte keinen klaren Gedanken fassen, sein Leben schien ihm vernichtet. Erst allmählich beruhigte er sich etwas, setzte sich neben die Leichname und strich ihnen liebevoll über das Gesicht. Der Hof war, wie das Kastell, niedergebrannt, nur noch verkohlte Balken erinnerten an frühere Bewohner und die glücklichen Stunden, welche sie hier verlebt hatten.

Die Legionäre zimmerten aus kleinem Baumstämmen und Ästen eine Trage und legten die drei Leichname darauf. Sie hoben die Tragstangen am vorderen Ende an und zogen sie Richtung Kastell, die hinteren Enden schleiften auf dem Boden. Hero folgte noch immer fassungslos dem kleinen Trauerzug.

19
DER AUFTRAG

Wie lächerlich und weltfremd ist der,
der sich über irgendetwas wundert,
was im Leben vorkommt.
Marcus Aurelius (121-180)

Der Centurio hörte mit Entsetzen von der Vernichtung von Betars Familie und erkannte Heros Verzweiflung. Er ordnete die sofortige Beisetzung an und hatte für Herstus einen Auftrag, welcher ihn aus seiner Trauer losreißen sollte.

Gräber direkt am Kastell wurden ausgehoben, der Prediger bestellt und Betar mit den Seinen, sowie die drei erschlagenen Legionären, bestattet. Hero war untröstlich, vier Kreuze waren ihm von seinen Liebsten geblieben. Der Centurio ließ ihm keine Zeit sich der Trauer zu überlassen.

Er ließ die Centurie antreten und rief ihn zu sich: „Herstus, ich ernenne dich zum Dekurio und Nachfolger von Betar." Er wusste keinen Tüchtigeren, den er hätte erwählen sollen. „Ich habe einen wichtigen Auftrag für dich. Du wirst morgen bei Sonnenaufgang eine Nachricht an den Centurio der III. Centurie überbringen. Vier Reiter werden dich zur Sicherheit begleiten. Suche die passenden Legionäre aus und bereite alles vor. Die Nachricht erhältst du von meinem Sekretarius."

Hero war in seinem Schmerz gefangen, der hinter ihm stehende Legionär stieß ihn an: „Du musst dich bedanken." Er brachte mit Mühe seinen Dank heraus: „Herr, ich danke euch." „du hast es verdient durch deine Leistungen. Für deinen schweren Verlust drücke ich dir mein Mitgefühl aus. Ich erwarte aber von dir die korrekte Ausführung des wichtigen Auftrages, den ich dir gegeben habe. Centurie wegtreten."

Hero wählte vier ihm vertraute Legionäre und die Reitpferde aus. Er setzte sich mit seinen Kameraden in die Kantine zu einem gemeinsamen Abendbrot. Ihr Auftrag und der Weg, den sie nehmen wollten, wurde besprochen. Er war im Gegensatz zu den ausgewählten Legionären kein besonders guter Reiter, würde den Weg aber schon schaffen. Der Sekretarius gab ihm einen versiegelten Umschlag, der den Briten nicht in die Hände fallen sollte.

Tröstende Worte von den Legionären würgte er ab, damit musste er allein fertig werden. Er verließ die Kantine beim letzten Tageslicht und ging zu den Gräbern. Bittere Tränen strömten über sein Gesicht, er sprach leise liebevolle Worte vor sich hin. Nachdem er lange Zeit dort auf der Erde gehockt hatte, riss er sich los und ging zu seinem Quartier. Bei Sonnenaufgang war er als Erster auf den Beinen und bei den Pferden.

Nach zwei strammen Tagesritten erreichten sie das Lager der III. Centurie. Der Centurio las den Bericht und befragte Hero nach Einzelheiten. Das Gelesene und

Gehörte musste einen deprimierenden Eindruck bei ihm hinterlassen haben. Er befahl den Rückmarsch für den nächsten Tag.

Bei der Rückkehr in ihr Kastell war noch nicht viel Aufbauarbeit geleistet. Bäume wurden gefällt, um zunächst die Palisaden wieder zu errichten und dann die einzelnen Gebäude aufzubauen. Die Befehlshaber der Centurien ritten davon, sie waren zum Praefectus zu einer Besprechung befohlen. Während ihrer Abwesenheit übernahm der ältesten Decurio das Kommando. Hero erhielt den Auftrag mit seinen vier berittenen Legionären auf Kundschaft zu reiten, um das Kastell vor Angriffen durch die Briten zu warnen.

Alles blieb ruhig und nach drei Tagen kamen die Befehlshaber zurück. Sofort wurde den beiden Centurien befohlen mit voller Ausrüstung anzutreten, was auf eine wichtige Nachricht schließen ließ. Der Befehlshaber der III. Centurie erschien auf dem erhöhten Podest, die Legionäre reckten auf Befehl des Decurio die Fäuste in die Höhe und riefen: „Ave Centurio"

„Ave Legionnaires! Ich bestelle euch Grüße von unserem Praefectus und übermittle euch eine wichtige Nachricht für unsere Kohorte und die Legion. Der Caesar im fernen Roma hat beschlossen die Befehlsgewalt über die XX. Legion in Britannia abzugeben in die Hände eines säxischen Befehlshabers. Da unsere Centurien zum größten Teil aus germanischen Legionären bestehen, ist das die richtige Entscheidung für die Zukunft.

Der neue Befehlshaber unserer Kohorte wird der gewählte säxische Herzog Hegert werden. Die römischen Legionäre werden an die Ufer der Tamesis in Marsch gesetzt und nach Germanien zurück transportiert. Näheres wird euch euer Decurio mitteilen."

Von diesem kam der Befehl: „Centurie weggetreten." Unter den Legionären entstand eine erregte Diskussion. Was hatte das zu bedeuten, waren die Briten so mächtig geworden, dass die Römer sich zurückziehen mussten? Keiner wusste Näheres und man begab sich wieder an die Arbeit.

Was war geschehen? Die Situation in Britannia war keineswegs Ursache für den Rückzug der Römer. Hier war man, dank der kampfkräftigen säxischen Kohorten, Herr der Lage, wenigstens bis zum Hadrianswall. Die Probleme der Römer ergaben sich aus dem ungestümen Andrang germanischer Völker auf ihre Kernländer Italia, Gallia und Germania superior. Die Grenzen des Reiches wurden zurückgezogen an den Rhenus und zu deren Sicherung wurden Legionen aus Britannia zurückgerufen. Die Befehlsgewalt über die verbliebenen Krieger wurde den gewählten Herzögen der Saxen übertragen.

Da die Mehrzahl der Krieger aus eingewanderten oder angeworbenen Saxen bestand, musste auch die Struktur geändert werden. Die Kampfesweise der Germanen passte nicht zu den Großverbänden der Römer, wie zum Beispiel den Legionen. Außerdem hatten die Germanen kein stehendes Heer, sondern es wurden kleinere Kampfgruppen immer dann gebildet, wenn Feinde bekämpft werden mussten. In der Zwischenzeit war der Germane Bauer oder Fischer, der sich und seine Familie ernähren musste.

Das ergab eine große organisatorische Aufgabe für die gewählten Anführer, außerdem war man noch zahlenmäßig gegenüber den Briten unterlegen, was auch geändert werden musste.

Hero leistete seinen Dienst in vorbildlicher Weise in den kommenden Jahren ab und stand bei seinen Befehlshabern und seinen Mitkämpfern in hohem Ansehen. So verwunderte es die Männer der Centurie nicht, dass er zum Befehlshaber gerufen wurde, der ihm einen besonderen Befehl übermittelte.

„Hero, du hast in den letzten Jahren gute Leistungen im Dienst und der Führung Deiner Männer erbracht. Unser Herzog Hegert hat mir befohlen einen unserer Krieger zu benennen, den er mit einem besonderen Auftrag betrauen möchte. An die Befehlshaber anderer Centurien ist der gleiche Befehl ergangen. Du wirst morgen nach Badonic reiten und von dem Herzog deine Befehle empfangen. Den Ort kannst du nicht verfehlen, es sind drei Tagesritte bis an das Ufer des großen Stromes immer in Richtung Mittagssonne. Danach kommst du zurück in unser Kastell und kannst mit mir alles Weitere besprechen."

Hero war früh am nächsten Morgen auf den Beinen, suchte das beste Pferd aus und machte sich auf den Weg. Der große Hof des Herzogs war leicht gefunden. Es war kein Palast wie der eines römischen Statthalters, sondern ein ganz normaler germanischer Bauernhof mit einem stattlichen Langhaus und rundum liegenden Vorratsschuppen. Rinder, Schafe, Ziegen und eine große Hühnerschar waren auf dem Hof und den umliegenden Weiden zu sehen.

Der Hof war von einer Mauer umgeben, das erinnerte an die römischen Landgüter. Auch das Wachhaus am Eingang machte den Unterschied zu den großen germanischen Gehöften aus. Hero teilte dem mit einem Kurzspeer bewaffneten Germanen im Wachhaus seinen Befehl mit, bei dem Herzog zu erscheinen. Der ging mit ihm zu den Pferdeställen: „Hier kannst du dein Pferd unterstellen. Im Gesindehaus findest du ein Nachtlager und bekommst auch dein Essen. Ich werde jetzt dem

Herrn dein Kommen anmelden und dir mitteilen, wann du empfangen wirst."

Das würde aber nicht mehr am gleichen Tag sein, ein Befehlshaber mit neuen weitreichenden Aufgaben war ein mit Terminen vielgeplagter Mann. Hero kam ins Gespräch mit Germanen aus seiner Unterkunft: „Was will der Herzog von dir?" „Das weiß ich nicht, ich bin auf Befehl meines Centurios hier." Er konnte die Sprache gut verstehen, es waren Saxen. „Vielleicht sucht er einen Gefährten für seine Tochter." „Ich werde sie mir ansehen, dann sage ich euch, ob ich sie nehme", beendete Hero den Scherz.

Am nächsten Tag wurde er dann zu Herzog Hegert gerufen und traf einen noch jungen umgänglichen Mann an. Hero nannte Namen und seine IV. Kohorte, der Herzog fragte: „Du bist Saxe wie ich, wo kommst du her?" „Mein Heimatdorf heißt Geest und liegt am Ufer des großen Stromes Wissuhr im Saxenland, Herr." Da sind wir fast Nachbarn, ich komme aus der gleichen Gegend zwischen den Strömen Wissuhr und Albis und bin mit Vater und Mutter hierhergekommen."

Er rief einen weiblichen Namen, den Hero nicht richtig verstand und eine junge Frau erschien, welche ihnen einen Saft brachte. „Eine kleine Erfrischung, das ist meine Ragna. Hero kommt von den Ufern der Wissuhr, das war auch meine Heimat wie du weißt", sagte er zur Tochter gewandt. Sie lächelt dem Fremdling freundlich zu und verschwand wieder. Sie war nett anzusehen und würde sicher einen standesgemäßen Gefährten unter den Jünglingen der umliegenden Hofstellen finden. Hero verschwendete keinen Gedanken an eine neue Gefährtin, zu tief saß der Verlust von Endis und dem kleinen Rerk.

„Ich habe einen Auftrag für dich. Wie du weißt, sind wir hier in Britannia noch längst nicht so heimisch geworden wie in unserem Saxenland. Wir müssen kämpfen, die Briten geben ihr Land freiwillig nicht her, für sie sind wir Diebe und Räuber, welche ihre geliebte Heimat rauben wollen. Aber in diesem Land ist Platz für Briten und Saxen, wir wollen uns friedlich mit den Briten verständigen. Daran arbeite ich, aber die Zeit ist noch nicht reif für solche Pläne, das wird noch Jahre dauern. Männer aus Saxen müssen Gefährtinnen aus Britannia wählen und umgekehrt, dann könnten wir die Feindschaft zwischen den beiden Lagern am besten besiegen.

Ein Problem entsteht für uns durch den Abzug der römischen Legion, die wird zur Verteidigung der Grenze des römischen Reichs am Rhenus gebraucht. Wir müssen unsere Dörfer und Hofstellen nun selbst schützen, dazu brauchen wir mehr Kämpfer aus dem Saxenland. Und da beginnt dein Auftrag: du sollst ins Saxenland gehen und Männer, Frauen, ganze Dörfer anwerben nach Ost Saxen in Britannia zu kommen. Sie sind hier willkommen und erhalten Land für eine Hofstelle und alle mögliche Hilfe für ihr neues Leben hier, wo schon so viele Saxen leben. Dein erster Anlaufpunkt wäre dein Heimatdorf an der Wissuhr."

Hero glaubte nicht richtig gehört zu haben, zurück nach Geest am großen Strom? Ihm schwindelte, daran hatte er überhaupt noch nicht gedacht. Die Gräber seiner Lieben verlassen? Er hörte den Herzog fragen: „Willst du diesen Auftrag für uns durchführen?", und nickte bejahend, ja, das wollte er und sich damit auch befreien von seiner Trauer, bereit sein für ein neues Leben.

„Ich danke dir, wünsche viel Erfolg." Dann ging alles schnell: „Unten am Strom liegt das Boot eines Händlers

147

aus dem Land der Friesen, der nimmt dich mit, ich schicke meinem Torhüter mit dir zu ihm. Mache dich bereit, er versegelt morgen mit dem Ebbstrom." „Das wird nicht gehen, ich muss das Pferd zurückbringen." „Das erledige ich für dich und Abschied von den Gräbern musst du nicht noch einmal nehmen." Hero wunderte sich, der Centurio musste dem Herzog von dem Schicksal seiner Familie berichtet haben.

20
DIE SCHIFFBAUER

Wir denken selten an das, was wir haben,
aber immer an das, was uns fehlt.
Arthur Schopenhauer (1788-1860)

So kam es, dass Hero an Bord eines Friesenbootes seine Heimfahrt in das Saxenland begann und nach drei Tagen durch sturmbewegte See an der friesischen Küste landete. Der Schipper nahm kein Fährgeld von ihm: „Du hast meinen Knechten tüchtig an den Rudern und am Segel geholfen und dir die Überfahrt verdient. Für die Rückfahrt kannst du wieder zu mir kommen." Er hatte Augen und Ohren offengehalten, um bei einer Rückfahrt mit einem Saxenschiff den Seeweg auch selbst bezwingen zu können.

Einige Monde später und nach gemeinsam bestandenen Abenteuern auf der Pirateninsel, saß er in Norgerts Langhaus den Männern des Dorfes gegenüber und hatte seine schmerzlichen Erinnerungen preisgegeben. Bruder Norgert reagierte als Erster: „Du hast Schweres erlebt, ich will mir nicht vorstellen, wie solch ein Verlust mich getroffen hätte." Geral fragte: „Wusste der Herzog von unserer Not mit der Flut?" „Bestimmt hat er davon gehört und hat Hoffnung, dass ihr euch zu einer Auswanderung nach Britannia entschließt."

Für die Männer war nach dem von Hero überbrachten Angebot, die Übersiedlung nach Britannia näher gerückt. Sie wussten, es gab dort ein Land, in dem sie willkommen waren. „Aber wie kommen wir dorthin?", war eine berechtigte Frage aus dem Kreis der Männer, „wir haben ein Schiff, aber es ist nicht seetüchtig." „Dann müssen wir es umbauen", sagte Hero und er stellte sich mit seiner Antwort in den Kreis der Dörfler, welche bereit waren, nach Britannia zu ziehen. Für ihn war ein wesentlicher Grund für seine heimischen Gefühle in Geest, dass er mit Tyra eine Gefährtin gewonnen hatte, welche ihm zusammen mit ihrem kleinen Sohn das Gefühl gab, wieder zu einer Familie zu gehören. „Gebt mir zwei tüchtige Männer, mit denen will ich besprechen, was an unserem Piratenschiff geändert werden muss", war sein. Vorschlag.

Norgert bestimmte Laif und Rulf für diese Arbeit. Laif würde als Steuermann große Verantwortung für Schiff und Besatzung tragen und musste über jedes Detail des Schiffes genaue Kenntnis haben. Rulf sollte sich ebenfalls mit allen Gegebenheiten eines Seeschiffs vertraut machen. Norgert hatte als Häuptling der Dorfgemeinschaft so bestimmt und die beiden jungen Leute hüteten sich etwas dagegen zu sagen.

Über eine Auswanderung war damit aber noch nicht entschieden, darüber musste in jeder einzelnen Familie noch gestritten und beraten werden. Es war keinesfalls so, dass der Mann als Familienoberhaupt alleine zu bestimmen hatte. Die Frauen hatten ein gewichtiges Wort mitzureden, ohne sie ging gar nichts. Der Umbau des Piratenschiffes in ein seegängiges Schiff wäre, unabhängig von der Entscheidung über die Auswanderung, eine nützliche Sache für die Dorfgemeinschaft. Die Fischerei könnte über die Wissuhr hinaus auf die offene See ausgedehnt werden. Der Handel mit den Inseln würde erleichtert und ausgeweitet werden.

Hero traf sich am nächsten Morgen mit den beiden jungen Männern an dem mit Mühe gegrabenen Liegeplatz. Sie standen vor dem über längerer Zeit wenig beachteten 25 Schritt langen Schiff, der Graben war zum Teil von den Gezeiten eingeebnet worden, die Planken der Bordwände mit Klei und Schlick bedeckt. Im Schiff stand Wasser etwa zwei Fuß hoch. Der Mast lag an Land und war von Gras und Busch überwachsen.

Nachdenklich betrachteten sie das frühere Piratenschiff, eine Ahnung wieviel harte Arbeit auf sie wartete überkam sie. Hero erklärte seine Vorstellungen von dem Umbau: „Der wichtigste Punkt ist die Erhöhung der Bordwand. Dieser niedrige Bord taugt für schippern auf der Wissuhr, auf dem Meer würde die erste Welle auf das Deck schwappen und das Schiff unter Wasser setzten." Seine beiden Gehilfen nickten wissend, obwohl sie daran noch gar nicht gedacht hatten. „Dazu müssen wir die Spanten erhöhen und für Beides brauchen wir Holz. Für die Spanten Eiche, für die Bordwand Lärche. Ich werde mit Norgert sprechen, er soll Männer bestimmen, welche den Graben wieder freimachen, das Schiff reinigen und das Wasser ausschöpfen. Wir werden uns um das Holz kümmern."

Er wusste, das wird eine gefährliche Arbeit. Die notwendigen Bäume, besonders die Eichbäume, mussten sie auf dem Gebiet fremder Dörfer fällen. Die Einwohner würden nicht einverstanden sein, es war notwendig vorher eine Übereinkunft auszuhandeln, um nicht in Streit und Kampf zu geraten. „Das Deck muss höher gesetzt und verbreitert werden. Auch dafür brauchen wir Holz. Jetzt wollen wir uns den Mast ansehen." Sie hackten mit ihren Dachseln den Mast von Gras und Buschwerk frei, es war ein kräftige Baumstamm von etwa acht Schritt Länge. „Den können wir verwenden, müssen ihn aber um drei Schritt verlängern. Wir wollen den Wind auf See ausnutzen."

Laif meldete sich: „Unter den Piraten war einer von den Jüten, der hat mir erklärt wie man das Segel verstellen kann für unterschiedliche Windrichtungen." „Das musst du uns später erklären, so was wollen wir auch", entschied Hero. Erst einmal waren alle Drei wie erschlagen vor der großen Aufgabe, welche sie sich vornehmen wollten. Sie setzte sich ans Ufer ins Gras und, Überraschung, wie bestellt erschienen Geeske und Iska, um ihre Liebsten zu besuchen. Sie brachten ein karges Frühstück, einen Krug mit frischem Wasser, Fladenbrot und einige gebratene Fleischscheiben. Bei Geeske zeigte eine Rundung des Leibes, dass die gemeinsam mit Rulf verbrachten Stunden in den gemütlichen Heubetten, nicht ohne Folgen geblieben waren und Nachwuchs erwartet wurde. „Tyra hätte auch mitkommen können", dachte Hero. Sie war nach der Befreiung von der Pirateninsel längst nicht mehr seine Magd, sondern die lieb gewonnene Gefährtin.

„Genug geschnattert, an die Arbeit", rief er den jungen Leuten zu und machte sich auf den Weg zu Norgert. Er traf ihn im Stall, die Kühe mussten gemolken werden, da war auch er gefragt. Hero schilderte ihm das Problem mit der Holzbeschaffung. „Tannen- und Lärchenholz haben wir hinter dem Drachenstein hier am Dorf. Für

Eichenholz müssen wir mit dem Häuptling von Ringst sprechen, das ist besser als mit Schwert und Streitaxt loszuziehen. Ich kenne Leitwin, wir haben uns auf der Oye Sand mit Piraten herumgeschlagen, er ist ein umgänglicher Mann. Wir müssen aber auf dem Weg dorthin durch das Dorf Drangest, dort kenne ich niemanden. Die werden es uns nicht leicht machen."

Am nächste Morgen machten sie sich auf den mühsamen Weg mit einem Ochsenkarren, sowie Laif und Rulf. Einen durchgehenden Weg gab es nicht, teilweise war eine ausgefahrenen Karrenspur vorhanden. Sie hielten unterwegs vergeblich Ausschau nach geeigneten Bäumen. Einige Katen kamen in Sicht und sie wurden von einer wütend bellenden Hundeschar empfangen. „Das ist Drangest", sagte Norgert. Ein großer breiter Kerl kam ihnen entgegen und verscheuchte die Hunde.

„Wir wollen nach Ringst Holz holen", erklärte Norgert auf die Frage nach dem Wohin. „Ich bin Häuptling Germo, das könnt ihr auch von uns haben, wir haben genug. Und wenn ihr gut bezahlt, helfen euch unsere jungen Leute beim Fällen und Kleinmachen." Hero beriet sich mit seinen Helfern: „Nach Ringst ist es noch ein weiter Weg, wir können auch hierbleiben." „Was werden die für die Bäume haben wollen?", fragte Rulf. „Wenn sie unverschämt werden ziehen wir weiter."

„Wir bleiben hier, die Bäume werden wir dir nicht bezahlen. Wir haben drei große Krüge Bier und einen Krug Met auf unserer Karre, die können wir zusammen austrinken. Wir haben sie für Ringst mitgenommen, können aber auch hierbleiben, wenn du einverstanden bist." Bei der Erwähnung der Getränke leuchteten die Augen des Häuptlings: „Bleibt hier, wir werden uns schon einig."

„Kommt mit in mein Haus", sagte er. Hero schickte Rulf und Laif mit den Ochsen zur Tränke, den Weg beschrieb ihnen Germo. „Ich gebe euch meinen Sohn mit, sonst kann es Ärger geben, wenn Fremde kommen", ein halbwüchsiger Junge ging vor ihnen her zu dem kleinen Teich, der von einem Bach gespeist wurde. Hero ging mit ins Haus und begrüßte die Gefährtin des Häuptlings, die sich aber sofort wieder zurückzog, Fremde kamen wohl nicht allzu oft in das Dorf. Ein Nachbar kam zu ihnen in das Haus.

„Dann her mit deinen Getränken", sagte Germo, als sie sich an das Feuer gesetzt hatten. „Erst müssen wir unsere Arbeit erledigen, dann können wir uns zusammensetzen." „Da gebe ich dir recht. Herman", sagte er zu dem Nachbarn, „zeige ihnen die Eichbäume an den großen Steinen. Wieviel Bäume wollt ihr denn haben?" „Wir brauchen fünf Eichbäume und fünf Lärchen. Die Stämme wollen wir teilen in drei Schritt Länge. Es müssen gerade gewachsene Stämme von etwa einem Fuß Dicke sein." „Wir werden schon was Passendes für euch finden, anschließend kommst du mit deinen Männern wieder hierher. Herman wird euch helfen und auch noch seinen Sohn mitbringen, damit ihr die Arbeit auch übersteht", setzte Germo grinsend hinzu.

Die bezeichnete Stelle war schnell gefunden, es waren Steine von einem Hünengrab. Es war nahe am Dorf, trotzdem eine weltabgeschiedene Stelle. Ein klarer Bach plätscherte unter den hohen Bäumen und verlor sich in einem waldumrahmten Wiesengrund. Laif und Rulf folgten ihnen mit dem Ochsengespann, der Aufenthalt an der Tränke war ohne Probleme abgelaufen. Zwei junge Frauen wollten wissen, woher sie kämen und ob sie schon Gefährtinnen hätten. „Eure Männer sind wohl nicht da und ihr seid übermütig. Wir kommen und werden euch prüfen!", hatte Rulf gerufen, worauf die Frauen kichernd wieder verschwunden waren.

Im Wald ging die Arbeit flott voran, geeignete Bäume waren schnell gefunden, Herman und Sohn waren geübte Holzfäller. Der Karren war bald mit den entasteten und auf Länge geschlagenen Stämmen beladen und Hero stellte fest, der war überladen. Die Räder sanken in den Waldboden ein und die beiden Ochsen konnten die Last nicht mehr vorwärtsbewegen.

Herman wusste Rat: „Wir spannen die Ochsen aus und machen Rast bei Germo. Dort könnt ihr auch übernachten." Das war ein Vorschlag ganz nach dem Geschmack der jungen Leute und Hero sah ein, bei der beginnenden Dunkelheit war an ein Heimweg nach Geest nicht mehr zu denken. „Morgen spannen wir zwei Ochsen von mir mit davor, dann schaffen die Viecher das", war ein weiterer brauchbarer Rat von Herman.

Germo empfing sie an seiner Kate, Herman erklärte die Umstände mit dem überladenen Karren: „Bindet die Ochsen auf der Weide fest, dort können sie grasen, dann kommt ins Haus und bringt was zu trinken mit." Es wurde ein gemütlicher Abend, Germo und Hermans Gefährtinnen und zwei Töchter leisteten ihnen Gesellschaft und die hatten bald mit den jungen Männern aus Geest Freundschaft geschlossen. Getränke stellten die Besucher, Brot und dünne Fleischfladen gab es von den Gastgebern.

„Bist du zufrieden mit dem Holz?", fragte Germo. „Ja, es sind die Bäume wie wir sie brauchen", antwortete Hero. Auf die Frage wofür, antwortete er ausweichend. „Über die Bezahlung reden wir morgen, erst wollen wir sehen, wie eure Getränke schmecken." In seinen grauen Augen funkelte Fröhlichkeit. Wegen einer Bezahlung hatte Hero seine eigene Meinung, eine Bezahlung für das Holz würde es nicht geben, für die Hilfe von Herman und Sohn schon.

21
FARULF DER KÄMPFER

Was wäre das Leben,
hätten wir nicht den Mut etwas zu riskieren?
Vincent van Gogh (1853-1890)

Germo hatte ein anderes Thema: „Herman, erzähle uns noch einmal die Geschichte von Farulf dem Kämpfer. Die Männer aus Geest kennen sie noch nicht." Geschichten zu erzählen war eine beliebte Abwechslung in den Katen der Saxen. Sobald es dämmerte und die Dunkelheit begann, erwachten die tollsten Gespenster- und Spukgeschichten. Nur am Feuer, im Haus in der Gemeinschaft mit Familie und Freunden fühlte man sich sicher. Draußen schwirrten allerlei gruselige Wesen durch die Nacht. Alle waren begeistert und drängten Herman, der dann begann:

„Vor vielen Wintern lebte in unserem Saxenland ein junger Bauernsohn, der stark und geschickt im Umgang mit Speer und Streitaxt war wie kein Zweiter. Sein Vater brauchte seine Hilfe auf den Feldern, beim Vieh und im

Wald. Er war fleißig und hilfsbereit, aber in Gedanken war er nicht bei seiner Arbeit, sondern ganz woanders. Wenn er Vieh hütete, erschreckte und jagte er die Kühe über die Weide, da er mit drohend erhobenem Speer auf sie zustürmte. Im Wald schlug er Bäumen mit seiner Axt die Äste ab und kämpfte dabei in Gedanken mit Riesen, Trollen und allerlei ausgedachten Ungeheuern."

Die beiden Mädels, kaum 14 Winter alt, nutzten die aufkommende Spannung der Erzählung, um ganz nah an Laif und Rulf heranzurücken. Laif machte dabei enge Bekanntschaft mit dem lieblichen weiblichen Wesen an seiner Seite, Rulf war etwas zurückhaltender im Wissen um seine bevorstehende Vaterschaft, sehr zur Enttäuschung seiner Partnerin. Nach einer kurzen Trinkpause setzte Herman seine Erzählung fort.

„Dann kam eines Tages für Farulf eine echte Bewährungsprobe. Ein tollwütiger Wildrindstier raste durch das Dorf, wohl angelockt von dem Geruch heißer Kühe, hatte die Seitenwand einer Scheune eingerissen und bedrohte die Bewohner. Farulf stellte sich ihm mit seiner Streitaxt entgegen, doch der Stier nahm ihn auf die Hörner, die Streitaxt flog durch die Luft und er landete in einem Graben. Aufgeben kam für den Kämpfer nicht in Frage, er sprang auf, packte das wilde Vieh an den Hörnern und drehte ihm den Kopf mit Gewalt zur Seite, bis das schwere Tier zur Erde flog. Im Nu waren jetzt Dorfbewohner zur Stelle und machten seinem Leben ein Ende.

Nach dieser Tat wuchs der Drang in ihm zu weiteren Abenteuern, es zog ihn fort aus seinem Dorf in die Ferne. Sein Vater wollte ihn nicht ziehen lassen, er aber war nicht zu halten. „Ich komme wieder", versprach er der Mutter, „und dann bin ich ein berühmter Krieger." In den umliegenden Dörfern musste er mit den stärksten

Männern seine Kraft im Ringkampf beweisen, oder Baumstämme hochstemmen und weit werfen. Mit dem jungen Volk in seinem Alter kämpfte er nicht, dass waren keine Gegner für ihn.

Sein Ruf eilte ihm voraus, ein Bote kam von einem entfernten Dorf und rief ihn zu Hilfe. „Ich bin Bork, mein Vater der Häuptling schickt mich, du sollst uns zu Hilfe kommen. In unserem Wald haust ein schreckliches Ungeheuer, zwei Männer sind nicht zurückgekommen, bestimmt wurden sie von ihm getötet. Keiner wagt sich in den Wald, wir fragen, willst du uns helfen?" Farulf wollte schon immer gegen einen Drachen kämpfen, um seinen Ruhm zu mehren: „Ist es ein Drache?", fragte er. „Das wissen wir nicht, Herr, ein Drache, ein Riese oder ein mächtiger Troll. Die Männer, die ihn gesehen haben, sind nicht zurückgekommen, vielleicht hat das Ungeheuer sie aufgefressen." „Dann wollen wir aufbrechen, ich werde euch von dieser Last befreien. Mir kann niemand widerstehen." „Wir geben dir alle Schätze, die wir haben, Herr."

Nach zwei Tagen anstrengender Wanderung kamen sie in dem großen Dorf an, es lag in einem bachdurchflossenen Grund mit lichtgrünen Wiesen, mitten in einem dunklen Wald mit Buchen- und Eichbäumen. Das ganze Dorf lief zusammen, um ihn zu begrüßen. Der Häuptling lud ihn in sein Haus, wo dessen Gefährtin ihn bewirtete. Hinter einem Vorhang sah heimlich ein Mädchen auf den berühmten Kämpfer, der vom Hausherrn auf die Probe gestellt wurde.

„Wie willst du das Ungeheuer besiegen, unsere stärksten Männer sind nicht zurückgekommen und haben sicher ihr Leben verloren?" Statt einer Antwort stand Farulf von seinem Sitz auf, fasste den Häuptling um den Leib und hob den gewiss nicht leichten Mann in die Luft, so dass er mit dem Kopf zur Erde hing und hilflos mit den Beinen strampelte. „So werde ich das Ungeheuer packen und erwürgen", sagte er und stellte ihn wieder auf die Beine.

„Stärke hast du, aber was willst du gegen seine Zaubermacht tun?" „Bevor er mich verzaubern kann, habe ich ihn überwunden", Farulf war siegesgewiss. Der Häuptling beschloss ihn in den Wald zu schicken, das Ergebnis würde zeigen, ob das Selbstvertrauen des jungen Mannes gerechtfertigt war.

„Gut, Bork wird dir morgen in der Frühe den Weg zeigen. Du kannst in unserer Scheune schlafen, da hast du im Heu und Stroh ein bequemes Bett." Die 15-jährige Tochter des Hauses hatte hinter dem Vorhang alles genau verfolgt und ihre Bewunderung für den fremden Gast war grenzenlos. Deshalb war es nicht verwunderlich, dass unser junger Held in seinem mit zwei Decken vorgezeichneten Lager eine Bettgesellin vorfand: „Ich bin Hild, schicke mich nicht weg, ich habe Angst um dich wegen dem Kampf mit dem Ungeheuer."

Nun war es so, dass der erfahrene Kämpfer Farulf keinerlei Erfahrung im Umgang mit dem weiblichen Geschlecht hatte. Seine Frage „Hat dein Vater erlaubt, dass du zu mir kommst?", löste bei seiner Besucherin nur Heiterkeit aus. Statt einer Antwort rückte sie nahe an ihn heran, schlang die Arme um seinen Hals und bedeckte sein Gesicht mit zärtlichen Liebkosungen. Ein nie gekanntes Gefühl durchströmte ihn, gab es etwa noch etwas Wichtigeres außer dem Kampf mit Ungeheuern? Hatte er die vergangenen Jahre als Kämpfer etwas übersehen, etwas versäumt? Das konnte nicht sein, er schob die Versuchung zur Seite: „Erst das Ungeheuer, du bist morgen an der Reihe", schluchzen, Tränen waren die Folge: „Ich bin morgen wieder hier und warte auf dich", ergänzte er. Darauf kroch seine Besucherin enttäuscht zur Seite und er schlief unruhig dem Morgen und seinem Abenteuer entgegen."

Herman machte eine Pause, enttäuschte Gesichter in der Runde: „Ich hätte sie nicht weggeschickt", sagte Hermans Sohn, die Männer stimmten lachend zu. Die Frauen waren anderer Meinung: „Ich wäre gar nicht zu ihm hingegangen", sagte die Gefährtin des Häuptlings, „aber weitererzählen, wir sind gespannt auf den Kampf gegen das Ungeheuer."

„Am nächsten Morgen weckte der Sohn des Häuptlings Farulf bei Sonnenaufgang. Der sprang auf die Beine, gürtete sein Schwert, nahm seinen Kurzspeer und machte sich mit Bork auf den Weg. „Stärke dich vor deinem Kampf", rief der Häuptling ihm nach, nein , das wollte er nicht, auf in das nächste Abenteuer, nichts anderes war jetzt sein Ziel. Am Bach schöpfte er mit der hohlen Hand Wasser und stillt den Durst. Bork führte ihn an den Waldrand und zeigte ihm die Richtung, in der die beiden Männer aus dem Dorf gegangen waren. Dann eilte er mit flinken Sprüngen zurück zum Dorf.

Farulf ging ohne Furcht in den Wald hinein und musste sich durch dichten Busch zwängen, bis er an eine kleine mit Gras bestandene Lichtung kam. Vorsichtig beobachtete er die Umgebung, nichts war zu sehen, nur am gegenüberliegenden Rand der Lichtung war ein schmaler Pfad erkennbar. Er schlich dorthin und folgte dem schmalen Fußpfad etwa eine Stunde lang. Eine Felsengruppe kam in Sicht, Farulf spähte durch die dichten Büsche als er hinter sich ein Geräusch hörte. Gleichzeitig erhielt er einen fürchterlichen Schlag über den Kopf und verlor das Bewusstsein.

Danach nahm er als Erstes schreckliche Kopfschmerzen wahr und die Gedanken jagten als Trugbilder wie Sturmvögel durch seinen Kopf. Vor seinen Augen schwebte ein zotteliger Kopf mit glühenden Augen und einem weit aufgerissenen Gebiss. „Haha", lachte das fremde Wesen, „du wolltest mir Schaden zufügen, bist aber nicht schlau genug. Siehst essbar aus, ich werde dich verspeisen, ein Stück nach dem anderen und bei den Beinen fange ich an." „du bist doch ein Bär, wieso kannst du reden wie ein Mensch?", fragte Farulf, der merkte, dass er hilflos benommen auf dem Boden lag. Der zottelige Geselle richtete sich zu seiner vollen Größe auf und ließ ein schauriges Gebrüll ertönen: „Haha, ein Bär, aber einer der sprechen und noch viel mehr kann, du Laus in meinem Fell. Gott Thor selbst hat mir die Sprache gegeben, damit ich euch Würmern den Übermut austreibe. Immer wenn er Donner und Blitz schickt darf ich mir ein Opfer aus den Dörfern holen, haben dir deine Leute das erzählt?" Farulf schüttelt verneinend den Kopf: „Nein, haben sie nicht, dann wärst du nämlich gar nicht gekommen aus Angst vor mir."

Farulf hatte sich so weit erholt, er glaubte gegen das Ungeheuer bestehen zu können und sprang auf. Das Schwert war noch an seinem Gurt, sein Kurzspeer stand an die Felswand gelehnt. Er riss das Schwert aus der Scheide und erhob es zum Schlag, vergebens, das Ungeheuer fegte es mit einem Schlag zur Seite und warf ihn mit einem Prankenhieb wieder zu Boden: „Ich werde dich zermalmen", brüllte es, erhob sich zu voller Große und wollte sich auf ihn stürzen.

Farulf sah seine einzige Chance in seinem Kurzspeer. Er ergriff ihn, rammte das Ende neben seinem Arm in den Boden und richtete die Spitze auf die Brust seines Gegner.

Das gelang gerade noch zur rechten Zeit, denn der ließ sich fallen und wollte Farulf allein durch sein großes Gewicht vernichten. Der Speer drang ihm in die Brust, Farulf hatte sich zur Seite gerollt und entging knapp dem tödlichen Anschlag.

Er konnte nicht verhindern, dass eine Tatze ihm die Brust und die Seite bis auf die Knochen aufriss. Dann sah er die Speerspitze, die aus dem Rücken des Untiers ragte, welches röchelnd und mit einem Blutstrahl aus seinem Rachen verendete. Farulf versuchte aufzustehen, war aber zu schwach und blieb schweratmend neben dem Untier liegen." Atemlose Stille unter den Zuhörern: „Was geschah weiter, konnte er wieder aufstehen?" „Erzähle weiter!", wurde Herman aus der Runde gedrängt.

„Ja, er stand auf und schnitt mit seinem Schwert ein Ohr des besiegten Untiers ab. Dann machte er sich zunächst noch unsicher wankend auf den Weg zurück. Am Dorfeingang lief ihm Bork entgegen und stützte ihn bis zum Haus des Häuptlings: „Hast du das Ungeheuer besiegt?" fragte dieser. Statt einer Antwort warf Farulf das abgeschnittene Ohr auf den Boden und ließ sich erschöpft auf ein Lager fallen, der große Blutverlust machte sich bemerkbar. Die Frauen des Hauses packten eine Kräuterlage auf die Wunden und verbanden sie mit Stoffstreifen. Farulf schlief einen langen Gesundungsschlaf und erwachte mit neuem Mut und neuer Kraft.

Nach einem reichlichen Mahl erzählte er die Geschichte seines Kampfes. Als die in großer Zahl versammelten Dorfbewohner hörte, das Untier sei von Gott Thor geschickt, wurde ihnen Angst und bange. „Der Gott wird dich und unser Dorf vernichten", sagte der Häuptling, „du musst das Dorf verlassen, bevor uns großes Unheil triff."

„Nein, bleibe hier, ich will deine Gefährtin sein", sagte Hild, die neben ihm stand und sich an seinen Arm klammerte.

„Erst habt ihr mich gerufen, jetzt wollt ihr mich verjagen", rief er, „ich habe die stärksten Kämpfer besiegt und jetzt das Ungeheuer, jetzt fordere ich Gott Thor heraus. Der Donnergott konnte sein Untier nicht retten, ich werde auch ihn besiegen." Entsetzt sahen sich seine Zuhörer an, sie warteten auf ein Zeichen des Gottes, einen Blitzstrahl, der den Frevler vernichtete. Nichts geschah, Farulf stand aufgerichtet vor ihnen, packte Hild am Arm und zog sie zu seinem Lager in der Scheune.

Dort kam sie noch zu ihrem ersehnten Erlebnis mit dem von ihr verehrten und bewunderten, von den Dorfbewohner nun gefürchteten Helden. Für Farulf endete sein Aufenthalt in dem von dem Untier befreiten Dorf unglücklich. Er war am nächsten Morgen nicht mehr da, einfach verschwunden. Gott Thor strafte ihn nicht mit dem Tod durch einen seiner Blitze, er hatte ihm ein schlimmeres Schicksal zugedacht.

Er irrt seit seiner Drohung gegen den allmächtigen Donnergott als Geist durch unsere Dörfer. Wo er auch anklopft, keiner nimmt ihn auf und gewährt ihm…". Ein lautes Poltern am Tor des Hauses unterbrach die Erzählung. Mit Entsetzen und ängstlichen Schreien der Frauen rückten die Zuhörer näher zusammen. Eine der Frauen rief entsetzt: „Das ist der Geist des Kämpfers". Häuptling Germo ging zum Tor, öffnete es und kam mit einem jungen Mann zurück, den er am Hals gepackt hatte. „Hast du am Tor gepoltert?", fragten die Frauen. „Ja, Herman hat mir den Auftrag gegeben, ich sollte am Schluss seiner Geschichte kräftig gegen das Tor schlagen", gestand er. Jetzt war Herman dran, die Frauen stürzten sich wütend auf ihn, rissen ihn an den Haaren und er musste manchen Knuff einstecken. „Lasst mich in Ruhe, ich hole euch einen großen Krug Met für den Schreck." So geschah es dann und alles endete friedlich.

22
DER ENTSCHLUSS

Wenn etwas besser werden soll, muss es anders werden.
Georg Christoph Lichtenberg (1742-1799)

Für Hero, Rulf und Laif endete der arbeitsreiche Tag unterhaltsam und spannend. Am nächsten Morgen wurden vier Ochsen vor den Karren gespannt und um die Mittagszeit kamen sie mit ihrer Holzladung wieder in Geest an. Herman und Sohn erhielten zwei Schafe für ihre Hilfe und die Gestellung der Zugtiere. Nachdem sie das Schiff bewundert hatten, machten sie sich auf den Heimweg nach Drangest.

Hero drängte auf einen endgültigen Entschluss über einen Aufbruch nach Britannia. Norgert rief die Männer des Dorfes noch am gleichen Abend zu einer Versammlung, auf er noch einmal alles Für und Wider beraten wurde. Fünf Familien erklärten sich bereit, den Umzug nach dem fernen Land zu wagen, von dem sie bessere

Lebensbedingungen erwarteten. Dabei waren sieben Männer, denn Laif und Rulf wollten auch mit ihren Gefährtinnen mit.

Es waren Norgert, Häuptling und Bauer mit seiner Gefährtin Imke und Tochter Sieke sowie Sohn Rulf und dessen Gefährtin Geeske; Geral, der Fischer, der auch Heilkundiger und Seher im Dorf war, mit seiner Gefährtin Thordis; Fredo der Fischer mit seiner Tochter Iska; Gisbert, der Witwer mit seiner neu gewonnenen Gefährtin Fehild und Ziehsohn Godrik; Hero mit seiner auf der Pirateninsel gewonnenen Gefährtin Tyra mit ihrem Sohn; Laif, der seine geliebte Iska nicht verlieren wollte.

Norgerts bester Freund und Nachbar Rodgar wollte am Ufer der Wissuhr bleiben, was Norgert sehr bedauerte. Rodgar war ihm stets eine große Hilfe gewesen, zuletzt auf der Pirateninsel und beim Kampf gegen die Friesen. Aber er hatte sein Langhaus erst vor zwei Wintern an einer höheren Stelle neu aufgebaut und wollte mit Gefährtin Erma und Sohn Otker in Geest bleiben.

Sie würden einiges an Hausrat und Vieh zurücklassen müssen und legten die Verteilung an die zurückbleibenden Familien fest. Rinder konnten sie nicht mitnehmen, die sollten gegen Schafe und Hühner getauscht, oder mit römischen Münzen bezahlt werden. Für die zum Teil zurückzulassenden Schweine vereinbarten sie Arbeitsleistungen beim Schiffsumbau, der Schmied sollte Haken, Klammern, Klampen, Ringe und Nägel schmieden, andere bei den Holzarbeiten helfen.

Als die Männer gegangen waren schickte Norgert Sohn Rulf zu seiner Mutter und Geeske, denen er den

Entschluss mitteilen wollte. Geeske rückte ganz dicht an Rulf, den sie in den letzten Tagen entbehrt hatte. Dann flossen bei Imke Tränen. Ihre, trotz aller durchgestandenen Wirren, geliebte Heimat zu verlassen, das würde ihr schwerfallen. Als die 10-jährige Tochter Sieke die Tränen der Mutter bemerkte weinte auch sie hemmungslos. Dann war es auch um Geeske geschehen und Rulf vermied mit Anstrengung einen Tränenstrom bei sich selbst.

Norgert war gerührt, er nahm Imke und Sieke in die Arme und flüsterte ihnen beruhigende Worte zu. Er würde schon aufpassen, dass es seinen Lieben gut ging in dem fremden Land. Außerdem blieb ein großer Teil der Dorfgemeinschaft zusammen und konnte sich gegenseitig helfen.

23
DIE WARFT

Müde macht uns die Arbeit, die wir liegen lassen,
nicht die, die wir tun.
Marie v. Ebner-Eschenbach (1830-1916)

Ein großes Stück Arbeit lag vor ihnen, darüber waren sich
die Männer im Klaren. Sie wollten mit dem eigenen Schiff
ihr Ziel erreichen und das musste seetauglich gemacht
werden. Ein fremdes Schiff musste entlohnt werden und
man war nicht sicher, ob Piraten nicht alles rauben würden
und sie selbst in die Sklaverei führen, oder sie erschlagen
würden. Als Nächstes musste das Schiff auf das trockene
Ufer gezogen werden, um die Arbeiten leichter ausführen
zu können, alle Männer machten sich unter Heros Leitung
an die Arbeit. Runde Baumstämme wurden bereitgelegt
und vier Ochsen vorgespannt. Beim ersten Versuch ging
alles schief. Das Tau riss und der danebenstehende Otker,
Sohn von Rodgar, erlitt durch die umherschlagenden
Enden einen Armbruch.

Mutter Erma und die heilkundige Tyra legten eine Kräuterlage auf die verletzte Stelle und schienten den Arm mit drei geraden Stöcken, die mit Stoffstreifen fest um den Arm gewickelt wurden. Neuer Versuch beim nächsten Hochwasser, diesmal brachten sie für jeden Ochsen ein separates Tau an und zogen das Schiff ohne Pannen auf die Baumstämme und das trockene Gras des Ufers. Beidseitig wurde die Bordwand mit Pallen abgestützt und eine gute Voraussetzung für die notwendigen Arbeiten war geschaffen.

Rodgar war geschickt im Umgang mit Axt und Dachsel, ihn bestimmte Hero zusammen mit Rulf für die Herstellung der verlängerten Spanten aus dem Eichenholz. Die übrigen Männer verteilte er auf das Zuschlagen der Borde und der zusätzlich erforderlichen Decksplanken. Glücklicherweise standen genug Männer zur Verfügung, durch die getroffene Vereinbarung über die Verteilung des Eigentums der abreisenden Familien.

Er selbst machte sich mit Laif an die Verlängerung des Mastes. Ein passendes Stück Lärchenholz von drei Schritt Länge wurde ausgesucht und am Ende auf eine Länge von einem Schritt eine Fläche mit den Dachseln angehauen. Eine entsprechende Fläche erhielt das Ende des Mastes. Beide Flächen wurden aneinandergelegt und passgenau bearbeitet. Die Hölzer wurden durchgebohrt und der Schmied fertigte drei Bolzen und Klammern, mit denen die Teile verbunden wurden. Eine Verlängerung von mehr als zwei Schritt war erzielt. „Das reicht", sagte Laif, „damit können wir auch bei leichtem Wind segeln."

Das vorhandene Segel musste vergrößert werden. Hero beauftragte Laif, das mit den Frauen des Dorfes abzusprechen und übergab ihm damit eine schwere Aufgabe. Es wurde Abend und sie schleppten das schwere Segel des Piratenschiffes in Norgerts Tenne. Sieke wurde ausgeschickt und holte die ihr genannten vier Frauen. Hero war verschwunden, er nutzte den Abend für ein Zusammensein mit seiner Tyra. Laif erklärte den Frauen ihre Aufgabe. Keine von ihnen interessierte sich für die Arbeit, sondern sie rückten nahe an ihn heran und fragten: „Und was bekommen wir von dir dafür, starker Jüngling?" Sie zupften ihn am Gewand und strichen ihm liebevoll über seinen Haarschopf und den Körper, nahmen seinen Arbeitsauftrag offenbar nicht ernst, sondern wollten ihren Spaß mit ihm haben.

Rettung kam durch seine Freundin Iska, die ihn am Arm nahm und aus der Tenne zog, zur Enttäuschung der dort verbleibenden Frauen, die sich an ihre Arbeit machten. Iska zog ihn hinter das Haus auf eine Bank: „Du Treuloser, lässt dich nicht mehr bei mir sehen." Er hatte aber auch eine Erklärung: „Das Schiff muss seetauglich gemacht werden, wir werden in den kommenden Tagen noch eine Menge Arbeit haben. Ich bin der Steuermann und muss immer dabei sein." „Und dann willst du nach Britannia und mich hier zurücklassen?" „Nein, ohne dich würde ich Geest nicht verlassen. Dein Vater Fredo geht mit und dich nehme ich auch mit, ob du willst oder nicht." Er umarmte sie stürmisch, sie war versöhnt: „Ich gehe mit dir, obwohl mir der Abschied aus dem Dorf schwerfallen wird. Aber Geeske geht ja auch mit, dann habe ich wenigstens eine

Freundin, wenn du mich vergisst." Er lachte: „Ich vergesse dich nicht, vergiss du mich nicht!"

Seile für die Abspannung des Mastes und das Segel wurden gedreht, die Verlängerungen der Spanten wurden montiert und die ersten Planken am Bord angebracht. Der Schmied hatte sein Schmiedefeuer und den Amboss neben dem Schiff aufgebaut und hatte viel zu tun. „Eine richtige kleine Schiffbauwarft haben wir hier", sagte Hero, „jetzt müssen wir den Mast setzen." Der Schmied fertigte Klampen und Ringe, welche am Mast eingeschlagen wurden zur Befestigung der Rahstange und den Abspannungen. Die notwendigen Seile wurden eingezogen: „Damit wir nicht an der Mastspitze herumklettern müssen", erklärte Laif.

Mit vereinten Kräften wurde der Mast auf das Schiff gehoben und in die vorhandene Öffnung im Kiel eingesetzt. Für die Halterung in Deckshöhe wurden zwei starke Eichenbalken zurechtgehauen, die beidseitig am Mast vorbei bis an die Borde geführt wurden. Die Männer leisteten Schwerarbeit mit Axt und Dachsel: „Hero, du Schinder, wir sind am Ende. Was sollen unsere Gefährtinnen sagen, wenn wir heute Abend zu ihnen auf das Lager kriechen?" Hero ging es nicht besser, er lachte und gewährte eine Pause mit einem tüchtigen Schluck für jeden. Der Mast wurde durch Querhölzer an den Eichenbalken sicher befestigt, der Mastfuß im Kiel verkeilt.

Zwei wichtige Aufgaben blieben noch, Der Bug musste erhöht werden, um zu verhindern, dass Brecher ungehindert über das Deck fegen konnten, und je Bordseite mussten vier Dollen für Ruder angebracht werden. Schmale Löcher wurden in die erhöhten Bordwände geschnitten und mit Eisenringen verstärkt: „Was hätten wir ohne dich gemacht? Durch dein Eisen wird das Schiff erst richtig stabil", sagte Hero zu Jired dem Schmied. Im Stillen lobte er Norgert für seinen richtigen Entschluss, das Schmiedewerkzeug mitzunehmen von der Insel. Für die Erhöhung des Bugs war Rodgar der richtige Mann, Hero erklärte ihm seine Aufgabe und er machte sich an die schwierige Arbeit.

2 4
STAPELLAUF

Wer Großes versucht, ist bewundernswert,
auch wenn er fällt.
Seneca (1-65)

Hero verspürte wie die volle Verantwortung für den Umbau des Schiffes und damit die Sorge für die Familien, die auf ihm lastete. Ihm ging es auch um eine möglichst rasche Fertigstellung der Arbeiten. Wenn er abends nach Hause kam, blickte er sorgenvoll zum Himmel und hielt Ausschau nach den Wettergeistern. Für die Überfahrt nach Britannia waren sie auf deren Gnade angewiesen. Er sprach mit Geral und verabredete eine Anrufung mit einem Opfer an Gott Thor, den Herrn von Blitz, Donner, Wind und Wolken, zu machen. Seinen Christ wollte er alleine anrufen.

Er sprach mit Norgert, Imke und Tyra über Vorräte, die mitgenommen werden mussten. Sie würden zwar von

Herzog Hegert unterstützt werden, aber Vorräte für den Winter waren unerlässlich. Ein eifriges Schlachten, Backen, Pökeln, Räuchern begann, Gerüste wurden aufgestellt, auf denen dünne Fleischfladen und Lachsseiten getrocknet wurden und Hero konnte sich wieder seiner eigentlichen Aufgabe, dem Umbau des Schiffes zuwenden. Wichtig für ihn war, vor ihrer großen Reise einmal auf der Wissuhr mit dem Schiff gewesen zu sein, um die Mannschaft mit ihren Aufgaben vertraut zu machen.

„Erst muss das Segel her", sagte Laif, als er mit ihm sprach. „Geh hin und sprich mit den Frauen", antwortete Hero. Das wollte der tüchtige Laif nicht, sondern er bat Hero das für ihn zu erledigen, was dieser auch tat. Die Frauen hatten Schwerarbeit geleistet, es war zwar ein aus mehreren Flicken zusammengesetztes Stück Leinwand, aber es sah brauchbar und haltbar aus. Er lobte die beteiligten Frauen, musste aber auf deren Verlangen noch einmal Laif rufen, dessen jugendliches Gesicht sie tüchtig abschmatzten: „Was du uns nicht freiwillig geben wolltest, holen wir uns jetzt mit Gewalt. Sei froh, du kommst noch gut davon, wir können auch noch ganz anders." Großes Gelächter und der Widerstrebende fand selbst noch Gefallen an dem Spiel, packte Erma um die Hüfte, schwenkte sie herum und tastete die sich Wehrende von oben bis unten gründlich ab, um dann schnell wieder zu verschwinden: „Wer weiß, was die wilden Weiber sonst noch mit mir vorhatten. Gut , dass Hero dabei war", dachte er.

Das Segel wurde an der Rah angeschlagen und zur Probe hochgezogen, was bestens gelang. Unter Deck wurden Verschläge gebaut für das Federvieh, die Schafe, Ziegen und auch zwei Schweine, Futter für die Tiere. „Wir wollen das Schiff zu Wasser lassen, dazu brauchen wir einen Namen." sagte Hero zu Norgert, „wie gefällt dir der Name Kranich?", fragte er die danebenstehende Sieke: „Ja, Kranich, dann kann unser Schiff fliegen wie ein Vogel", sagte die begeisterte Kleine. „Bei den Römern heißen sie Grus, wollen wir das Schiff so taufen?" „Ja, Gruus, das ist ein schöner Name", kam es zurück und so beschloss man, das Schiff nach der Aussprache von Sieke auf den Namen „Gruus" zu taufen. Der Schmied schmiedete die Buchstaben aus Rundeisen, sein Gehilfe fegte sie blank, was allerdings nicht lange halten würde. Keiner im Dorf außer Hero konnte den Namen in den lateinischen Buchstaben lesen, alle wussten, das heißt Kranich und waren zufrieden.

Das Schiff musste ins Wasser. Hero lobte den Tag an dem sie Rollen unter den Kiel gelegt hatten. Mit kräftigen Hebeln wurde bei Hochwasser Gruus Stück für Stück seinem Element zugeschoben. Der Bug tauchte tief ein und dann schwamm das ganze Schiff. Die Männer treidelten es mit Seilen an eine tiefere Stelle des Priels und machten ihr Meisterwerk dort fest.

Bei Anbruch der Dämmerung kam das ganze Dorf dort zusammen. Ein Feuer wurde entfacht und Seher Geral machte sich bereit den Segen der Götter für das Schiff und die Reisenden zu erflehen. Das Opfer, eine jämmerlich meckernde Ziege, wurde geschlachtet, Geral verspritzte ihr Blut in die Flammen. Der Kadaver wurde in einen nahstehenden Baum gehängt. Der Seher hob seine heiligen Stäbe zum Himmel und rief die Götter an:

„Allvater Wotan, ihr allmächtigen Götter,

nehmt unser Opfer an, erhört unser Flehen.

schützt dieses Schiff,

sendet weihevolle Winde für seine Fahrt,

bewahrt Menschen und Schiff vor rohem Räubervolk,

bringt uns heil an unser Ziel."

Alle schwiegen andächtig und lauschten den Worten des Sehers, nur Hero gefiel die Anrufung der alten Götter nicht. Er war Christ geworden und wusste, in Britannia würden sich seine Mitreisenden über kurz oder lang ebenfalls taufen lassen. Jetzt mussten noch einmal die alten Götter herhalten, er wollte niemand auf die Schnelle bekehren.

Ein Fest sollte gefeiert werden, wie es sich gehörte nach Erledigung einer großen Arbeit. Alle Dorfbewohner wurden in Norgerts Langhaus eingeladen, wo in Vorbereitung auf das Fest schon am Vortag ein Schwein geschlachtet worden war. Getränke brachten die Dörfler mit. Am Feuer bereiteten Rodgar und Rulf mundgerechte Bratenstücke zu. Gewürzt wurde an den Tischen, Teller mit Salz waren ausreichend vorhanden, jeder konnte nach Belieben sein Fleisch würzen.

Großen Wert legten die hungrigen Gäste auf saftige Stücke, erst wenn das Fett den Bart herunter rann, schmeckte es so richtig. Andere Speisen waren kaum gefragt, den Getränkekrügen wurde tüchtig zugesprochen. Als auch die letzten Männer gesättigt waren, tuschelten die Frauen miteinander und dann war noch einmal Laif Ziel ihrer Pläne. Sie griffen ihn und zerrten den

Widerstrebenden in die Mitte der Tenne, wo ihn eine nach der anderen herumwirbelt und ihren Übermut mit ihm trieb. Als nächster sollte Rulf an der Reihe sein, doch der war von seinem Feuer in die Dunkelheit geflüchtet und nicht auffindbar. Er kam auf einem Umweg zurück und setzte sich neben Geeske. Bald stand ihnen ein freudiges Ereignis bevor, wurde es ein Sohn? Sie wussten es nicht, aber sicher würde es der erste Saxe aus Geest in Britannia. Er hatte gelernt mit Geeskes Launen umzugehen, die sie jetzt zeigte, das würde wieder vergehen und dann freute er sich auf das Leben mit ihr. Jetzt galt ihr seine ganze Sorge, am liebsten wollte er sie in Wolle packen und nicht unter Leute lassen. Sie wehrte ihn ab, nein das wollte sie nicht und auch seine Mutter Imke bremste seine übertriebenen Bemühungen.

Großes Gelächter und viel Spaß hatten die Dörfler vielleicht ein letztes Mal miteinander, bald würde die Hälfte von ihnen auf dem Weg zu einer neuen Heimat sein.

Hero vereinbarte mit den Männern für den nächsten Tag eine Probefahrt mit dem „Gruus" auf der Wissuhr. „Ein Ruderer fehlt uns, wer von euch Frauen möchte mitkommen?", fragte er. Tyra und Iska meldeten sich. Müde wandten sich alle nach Hause, so ein schönes Fest hatten sie lange nicht erlebt.

Am nächsten Tag musste das Ruder mit der Pinne eingehängt werden. Die Männer hatten das Ruderblatt vergrößert, um der Abdrift durch schräg einfallenden Wind begegnen zu können. Damit musste Steuermann Laif jetzt rechnen, da das Segel bis zu einem bestimmten Winkel angestellt werden konnte.

Das Schiff war trotz der größeren Wassertiefe auf Grund gesunken, aber auf ebenem Kiel liegen geblieben. Zur Sicherheit nahmen die Männer ihre Waffen mit und gingen an Bord. Langsam hob sich „Gruus" mit der Flut und schwamm frei an seinen Tauen. Der spannende Moment war gekommen. Die tüchtigen Seefahrer stakten aus dem Priel in den Strom, zum Rudern war es zu eng. Dort mussten sie sich stromaufwärts wenden, da sie gegen den Flutstrom nicht ankamen.

Die Ruder wurden besetzt und mit tüchtigem Rudern kam sie gut voran. Steuermann Laif, und damit trotz jugendlichem Alter verantwortlich für sichere Reise, befahl: „Segel setzen", und jetzt zeigte sich wie notwendig eine Probefahrt war. Zwei Männer mussten ihre Plätze am Ruder verlassen und hatten ihre liebe Mühe mit dem schweren Segel. Bei raumen Wind funktionierte das Segeln sehr gut.

Nachdem sie mit dem Ebbstrom gewendet hatten und der Wind von schräg einfiel, stellten sie das Segel etwas an, entsprechend der Windrichtung. Laif hatte große Mühe durch Gegendruck mit dem Steuerruder allzu große Abdrift zu vermeiden. Das wollte er durch ein Tau, mit dem die Pinne festgezurrt werden konnte, verhindern.

25
AUFBRUCH

Überall geht ein frühes Ahnen
dem späteren Wissen voraus.
Alexander von Humboldt (1769-1859)

Der heimatliche Anlegeplatz kam in Sicht und die Seefahrer wurden von den Dörflern bereits erwartet. Hero und Laif waren sehr zufrieden mit dem Probelauf, es hatte alles gut geklappt und die Männer waren wach geworden für ihre Aufgaben. Der folgende Tag war von hektischem Tun geprägt, am Anlegeplatz stapelte sich die Fracht, Saatgut für die kommende Aussaat alles, was mitzunehmen war und Futterballen für das Vieh. Schafe, Ziegen, Hühner, ein Paar junge Rinder und zwei Hunde sollten erst am Abfahrtstag auf „Gruus". Vor Einbruch der Dunkelheit paddelten die Männer noch zwei Einbäume zum Schiff, die an Deck festgezurrt werden sollten.

„Müssen wir eine Nachtwache stellen", fragte Hero. „Wir machen ein großes Feuer am Ufer und stellen für zwei Freiwillige einen Krug mit Bier und etwas zu essen hin." Norgert hatte schnell zwei junge Leute für die Aufgabe gefunden: Otker, dessen Armbruch wieder verheilt war und Thiel den Gehilfen des Schmiedes. Es wurde eine unruhige Nacht für das Dorf, der große Umbruch, ließ wenig Schlaf zu.

Der nächste Tag war ausgefüllt mit der Beladung des Schiffes und sachgemäßen Verstauung. Die Abreisenden vereinbarten noch Details für die Benutzung ihrer Häuser und zurückgelassenen Einrichtungen. Norgert sorgte dafür, dass allen die Häuser für ein Jahr freigehalten wurden, falls Rückkehrer kamen.

Wehmut und Tränen am Abreisetag, nur die Kinder waren guter Stimmung. Für sie war es der Beginn eines großen Abenteuers. Oddo und Egga von der Friesenwurt waren gekommen, um von Tochter Geeske Abschied zu nehmen. Die bevorstehende Geburt ihres Kindes, erfüllte die Mutter mit großer Sorge, aber Imke beruhigte sie: „Wir Frauen werden auf sie aufpassen, saubere Tücher haben wir eingepackt", versprach sie. Oddo packte Rulf am Kragen und schüttelte ihn: „Du natürlich auch."

Die beiden Einbäume wurden an Deck verstaut, bestimmt ergab sich eine Gelegenheit zum Fischen in der neuen Heimat. „An Bord, wir müssen den Strom nutzen", gab Hero das Kommando. Noch einmal lautes Wehgeschrei, dann war „Gruus" in der Wissuhr und drehte in den Ebbstrom. Die an Deck und die an Land winkten bis ihnen die Arme lahm wurden, dann war Geest endgültig für die

Reisenden verschwunden. Egga ließ Tochter Geeske nicht aus ihren Armen, Oddo streifte unter Deck und erkundete die verstauten Vorräte. „Alles gut durchdacht", lobte er Hero und Norgert. Er wollte bei seinem Priel auf einen Kahn steigen, den seine Söhne dort bereithielten.

Für Schipper Laif kam die echte Bewährungsprobe, er ließ Segel setzen bei günstigem Wind. Das ersparte den Ruderern einen Teil ihrer Arbeit. Oddos Kahn kam in Sicht, für Geeske der endgültige Abschied von ihrer Heimat. Mit Tränen stand sie an der Bordwand und winkte den Brüdern zu. Rulf stand neben ihr und hielt sie fest im Arm. Oddo und Egga stiegen über Bord in den Kahn, der mit dem Schiff mitlief, Laif wollte keinen Aufenthalt. Für Egga war das Umsteigen kein Problem, für den beleibten Oddo schon, aber mit Hilfe der Söhne gelang es schließlich.

Der Kahn begleitete sie noch ein Stück, bevor er umkehrte und im ruhigen Seitenwasser zurück paddelte. Die Oje Sand wurde passiert und der Kurs Richtung fernes Ziel geändert. Sechs Männer wechselte sich an den Rudern ab, das Segel wurde gesetzt und immer in Sichtweite einer Insel steuerte Laif dem Ziel entgegen. Es bestand die Gefahr von Land gesichtet und von Piraten angegriffen zu werden, darüber war sich Hero im Klaren. Da sie keine erfahrenen Seefahrer waren, musste er dieses Risiko aber eingehen.

Sie kamen gut voran und machten am Abend des ersten Reisetages „Gruus" an einer einsamen Küste fest. Norgert schickte Fredo und Rulf auf Kundschaft in die Nachbarschaft. Sie hatten nur eine einsam gelegenen

Fischerkate gefunden und kamen mit dem Fischer zurück. „Ich bin Tede, der Fischer und wohne mit meiner Gefährtin und zwei Kindern hinter den Dünen." Hero gab ihm Auskunft: „Wir wollen nach Britannia an den Strom Tamesis."

Tede kannte den Weg und konnte wichtige Hinweise für die Weiterreise geben. Er gab Landmarken an, nach denen sich Laif richten sollte und die Stelle, wo der Kurs auf die Mündung des Stromes geändert werden musste.

Tede lebte in seiner Kate ein ärmliches Leben, man merkte ihm an, am liebsten würde er mitkommen. Er war Friese, man konnte sich gut mit ihm verständigen. Hero besprach sich mit Norgert, aber es war kein Platz frei, so dass Hero ihm anbot als Lotse mitzukommen, gegen Bezahlung und wieder zu seiner Kate zurückzukehren. Er wollte das mit seiner Gefährtin besprechen, die er mit den Kindern bei seinem Bruder unterbringen wollte. „du kannst mitkommen", sagte er zu Rulf, „und Nachricht zum Schiff bringen."

In seiner Kate hatte sich inzwischen einiges verändert. Von Weib und Kindern keine Spur, dafür hockten um den rohen Brettertisch vier finster blickende Gesellen. „Wir holen uns das Schiff. Die wollen nach Britannia und haben bestimmt eine Menge Vorräte dabei." „Dann werden wir endlich mal wieder satt." „Und die Weiber holen wir uns auch." „Behandelt sie ordentlich, wir können sie gut verkaufen an die Brukterer." Ein hässliches Lachen kam mit der Antwort: „Wir werden sie so gut behandeln, dass sie gar nicht mehr von uns wegwollen."

Ein Hund schlug draußen an. Einer spähte durch einen Schlitz an der Tür: „Da kommt Tede mit einem Fremden." Zwei Räuber stellten sich hinter die Tür, die beiden anderen verschwanden in der Nebenkammer. Tede öffnete die Tür und winkte Rulf hineinzugehen. Doch der war trotz seines jugendlichen Alters kein grüner Junge mehr, sondern ein erfahrener Kämpfer. Er witterte Gefahr, richtete seinen Kurzspeer auf Tedes Rücken und bedeutete ihm voranzugehen. In diesem Augenblick stürmten die beiden Räuber aus dem Haus, der erste rannte direkt in Rulfs Speer und sank zu Boden. Rulf riss sein Schwert aus dem Gürtel und traf den folgenden mit einem kreisenden Hieb zwischen Kopf und Hals, was auch seinem Leben ein Ende setzte. Noch außer Atem sah er von der Hinterseite der Kate zwei weitere Räuber auf sich zukommen, der schändliche Verräter Tede sah aus der Tür und war unschlüssig, ob er gegen diesen starken Kämpfer eingreifen sollte.

Rulf fasste blitzschnell einen Entschluss, nichts wie weg, die Schiffsbesatzung warnen. Er rannte Richtung Meeresstrand und hörte hinter sich den Atem der Verfolger. Aber er hatte die Ausdauer der Jugend auf seiner Seite und erreichte das Schiff unversehrt. „Das sind Strandräuber, lasst uns ablegen", rief er über die Bordwand und stieg auf das Schiff. Ein hektischer Betrieb entstand, „Gruus" wurde freigestakt, die Ruderbänke besetzt und in kurzer Zeit war das Schiff ein gut Stück vom Strand entfernt.

Hero lobte die Mannschaft: „Das habt ihr gut gemacht, schnell wart ihr, schneller als die Strandräuber." Für den Rest der Nacht folgten sie der ungefähren Küstenlinie und kamen mit gesetztem Segel gut voran. Bei Tagesanbruch wagte es Laif und richtete den Bug auf das Richtung Sonnenuntergang liegende Britannia. Im Mondschein stießen sie auf das erwartete Land und machten den „Gruus" an einer Steilküste fest. Alle schliefen einen Schlaf der Erschöpfung.

Hero beriet mit Norgert und Laif wie es weiter gehen sollte. Sie beschlossen der Küste in einigem Abstand zu folgen, bis zur Mündung der Tamesis in das Meer. Von dort ab traute Hero sich zu, den weiteren Weg zu kennen. Rulf erzählte sein Erlebnis an der Fischerkate, freilich in abgeschwächter Form, um Geeske nicht zu ängstigen, die sich dicht an ihn geschmiegt hatte. Vater Norgert sagte nur: „Gut gemacht."

Sie bestaunten die vorbeiziehende Landschaft, ihre neue Heimat. Die Mündung des Stromes kam näher, die See wurde unruhiger. Hero erklärte: „Das sind Kreuzseen von der Mündung des Stromes in das Meer." Der Wind nahm zu und Laif ließ das Segel auf halbe Länge reffen. Keinen Augenblick zu früh, eine Sturmbö rüttelte den „Gruus" tüchtig durch. Tyras Sohn, zehn Winter alt, wurde vom Sturm gepackt und flog über den Bord. Mit einer Hand klammerte er sich fest und kämpfte verzweifelt um sein Leben.

Gisbert, der daneben sich festklammerte, ließ seinen Halt fahren und beugte sich weit über Bord. Er konnte den Jungen ergreifen und zog ihn mit einem Ruck zurück auf das Schiff, wo ihn Hero in die Arme schloss und in Sicherheit brachte. Gleichzeitig erschütterte ein neuer

Windstoß das Schiff. Laif konnte das Segel gerade noch rechtzeitig bergen. Gisbert, der noch halb über der Bordwand hing, traf es mit voller Wucht. Er konnte sich nicht mehr halten und wurde in das tosende Meer geworfen. Norgert und Hero warfen Taue hinter ihm her, welche sie an der Bordwand festbanden. Fredo wollte einen Einbaum zu Wasser lassen um nach ihm zu suchen, was Hero als aussichtslos unterband.

Gisbert war verschwunden und tauchte nicht wieder auf. Tyra eilte zu Fehild, ihrer Leidensgenossin von der Pirateninsel und nahm sie in den Arm. Sie war unter Deck und fragte: „Was ist geschehen?" „Gisbert ist über Bord gespült worden, die wilden Meere haben ihn verschlungen." Fehild schwindelte, die Knie drohten ihr zu versagen. Sie übergab den Säugling ihrem Sohn Godrik und eilte an Deck.

Das Wetter hatte sich noch nicht beruhigt. Man konnte sich nur durch die gespannten Strecktaue auf den Beinen halten. Männer standen an der Bordwand und hielten scharf Ausschau, vergebens. Laif hatte die Pinne fest gelascht und übergab die Aufsicht an Geral. Von Gisbert keine Spur. Auch er ging zu Fehild, die er von der Pirateninsel befreit hatte und trocknete ihre Tränen. Dort war sie für ihn und Bruder Godrik wie die verlorene Mutter gewesen. Jetzt hatte sie im Saxendorf einen neuen Gefährten gefunden, der ihr schon wieder entrissen war.

Geral rief ihn zu Hilfe, die Stellung der Pinne musste verändert werden. Laif löste das Tau, zu dritt stemmten sie sich gegen die Kraft, die auf das Ruderblatt wirkte und zurrten die Pinne in der neuen Stellung fest. Die Richtung hatte Hero vorgegeben, zum Hof des Herzogs. Der Sturm ließ nach, die Ruder wurden besetzt, harte Arbeit begann. Noch liefen sie mit der Flut stromauf. Als Stauwasser eintrat, warfen sie ihre beiden Anker, welche der Schmied fachmännisch gefertigt hatte. Da der Gezeitenhub hier viel größer war als an der heimischen Wissuhr, konnten sie den „Gruus" nicht an Land festmachen, sie wären im Schlick versackt und nicht wieder freigekommen.

26
BADONIC

Für die Welt bist du irgendjemand,
aber für irgendjemand bist du die Welt.
Erich Fried (1921-1988)

Imke und die heilkundige Tyra kümmerten sich um
Geeske, sie hatte über Leibschmerzen und Krämpfe
geklagt. „Dein Kind macht sich bemerkbar", sagten die
Frauen, „aber du hast noch Zeit bis zur Geburt."

Der „Gruus" wurde zur letzten Etappe gerüstet, Laif gab
das Kommando: „Schiff freistaken und an die Ruder." Die
Ruderer brachten das Schiff in die Strommitte und
überließen es dem Flutstrom, nur auf Kommando des
Schippers brachten sie den „Gruus" durch wenige
Ruderschläge in die geforderte Richtung. Gespannt wurde
das Ufer beobachtet, wann würde der Palast des Herzogs
auftauchen?

Hero rief: „Hier legen wir an." Er deutete auf eine Anlegebrücke, an der zwei Kähne lagen. An Land war ein großer Bauernhof zu sehen. Die Ruderer leisteten Maßarbeit unter dem Kommando von Laif. Ein Wachposten rannte zu dem Haus und kam mit seinem Herrn zurück, zwei weitere Bewaffnete folgten. Es war Herzog Hegert, Hero ging ihm entgegen und wurde freudig begrüßt: „Willkommen Hero von der IX. Kohorte. Was bringst du aus dem Saxenland?", fragte der hohe Herr.

Lächelnd deutete Hero auf das Schiff: „Ein seetüchtiges Schiff, eine kampferprobte Mannschaft und ihre Familien aus meinem Heimatdorf, die hier einen Neuanfang machen wollen." Der Herzog lobte ihn: „Gut gemacht, ich werde alles dafür tun, dass das gelingt. Ihr könnt das Schiff ausladen und alles hier aufstapeln. Wir fahren dann mit unseren Karren die Waren in einen großen Schuppen, in dem ihr auch vorläufig wohnen könnt. Wenn ihr ausgeladen habt, bringt euch mein Hofmeister in mein Haus, ich lade euch zu einem Festmahl zur Begrüßung ein."

Tyra meldete sich: „Gebt uns für Geeske einen Raum mit Schlafgelegenheit, Herr, eine Geburt steht bevor." Der Herzog gab einen entsprechenden Befehl und einer seiner Männer führte Geeske, gestützt von Tyra und Imke, zum Haus in einen Schlafraum für Gäste. Hier war sie gut untergebracht, die beiden Frauen blieben bei ihr. Rulf sah zur Tür herein und wurde von Imke gleich wieder hinausgedrängt: „Hier gibt es nichts zu sehen, alles Wichtige hörst du von uns, mach dich an die Arbeit."

Die Männer kümmerten sich zuerst um das Vieh, für das ihnen ein Pferch zugewiesen wurde. Das Kleinvieh kam in bereitgestellte Ställe. Die Tiere hatten während der Überfahrt und in der Enge stark gelitten und tobten in ihren Gehegen ausgelassen herum. Von den mitgebrachten Gütern war nicht alles unbeschadet angekommen, das musste später aussortiert werden. Der vom Herzog angekündigte große Schuppen war ein großes leerstehendes Langhaus hinter dem Herrenhaus, noch innerhalb der Mauer um das Gut. Hier war ausreichend Platz für ihre Vorräte, ihr Vieh und Lagerstätten für mehrere Familien. Ein Vorrat an Viehfutter war vorhanden.

Als sie sich vorläufig eingerichtet hatten, ließ der Herzog sie in das Haupthaus rufen. Hero eilte mit Laif zum Anlegeplatz, sie fanden dort alles besten versorgt. Ein Wächter war für das Schiff aufgezogen.

Der Hofmeister führte sie in eine Halle im Haupthaus, welche für derartige Gelegenheiten vorgesehen war. Die Neuankömmlinge sahen den Unterschied zwischen einem Palast und dem großen Gutshof des Herzogs. Hier war nichts mit Pracht und Prunk, alles war zweckmäßig wie auf ihren Höfen auch, nur größer. Der Herzog war ein wohlhabender Mann.

Sie setzten sich an eine große Tafel und konnten es noch nicht fassen, sie hatten ihr Ziel erreicht. Gisbert fehlte, Fehild und Godrik würden in der Gemeinschaft Geborgenheit finden.

Der Herzog saß mit seiner Gefährtin und der Tochter am Kopfende der Tafel, daneben saßen Hero und Norgert.

Hero hatte ihm von dem Verlauf ihrer Reise und dem tödlichen Unfall von Gisbert durch Kreuzseen an der Mündung der Tamesis berichtet, ebenso von dem versuchten Piratenüberfall an der Dünenküste. Das waren wichtige Informationen für zukünftige Reisende.

Er begrüßte die Ankömmlinge: „Ihr Saxen mit euren lieblichen Gefährtinnen und wohlgeratenen Kindern, ich begrüße euch im Land der Ostsaxen. Ihr seid hier willkommen in einem fremden Land, aber nicht unter Fremden, sondern unter euresgleichen.

Jede Familie bekommt Land, das benötigte Vieh, wenn möglich und Holz für den Hausbau. Jetzt könnt ihr aber in dem Langhaus wohnen, Vorräte und Vieh unterbringen. Zur Klärung all dieser Dinge wird euch einer meiner Sekretäre zur Seite stehen. Meinen Boten und euer Anführer Hero erhält als Dank für seine Dienste einen festen Sitz bei meinen Ratgebern und ich ernenne dich hiermit zum Befehlshaber unserer Stromwache. Deinen Aufgabenbereich werde ich dir noch übergeben." Hero stand auf und bedankte sich, der Herzog nickte gnädig und fuhr fort: „Jetzt wollen wir schmausen und es uns gut gehen lassen."

Aber noch war es nicht so weit. Imke erschien und rief Rulf, der ihr folgte. Kurze Zeit später erschien er wieder mit einem quäkenden Bündel auf dem Arm: „Ein Junge", rief er jubelnd, „gesund und kräftig, das hört man an seinem Geschrei." Jetzt gab es kein Halten mehr, alles stürmte auf ihn zu und wollte den kleinen Schreihals sehen, die Frauen eilten zu Geeske, die ermattet auf ihrem Laken lag, drückten und herzten sie.

Der Herzog hatte Tränen in den Augen: „Besser hätte das nicht kommen können, mein Junge, wir gratulieren dir und Deiner Gefährtin. Welch guter Anfang für euer Leben in Britannia." Alle schlossen sich den Glückwünschen an.

Jetzt konnte das Festmahl aufgetragen werden und es ließ keine Wünsche offen. Hero nahm seine Tyra in den Arm und ging mit ihr vor das Herrenhaus. Er dachte an seine verlorene Familie in Britannia und war dankbar für seinen Neuanfang. Der Mond war schwach am abendlichen Himmel zu sehen. Er war glücklich, seine Aufgabe hatte er gelöst und jetzt hatte er auch die Gewissheit, dass er seine Freunde in eine gute Zukunft geführt hatte.

Der Herzog hatte ihnen aufgezeigt, dass ihr weiterer Weg unter seinem Schutz und mit seiner Hilfe gelingen würde. Viele Kleinigkeiten mussten noch geklärt werden aber in der Legion hatte er gelernt, dass die Römer sagten:

Et Roma non fuit in die uno.

Auch Rom wurde nicht an einem Tag erbaut.

-ENDE-

Literatur

Häßler, Ur- und Frühgeschichte in Niedersachsen, Theiss Stuttgart

Baatz/Herrmann, Die Römer in Hessen, Konrad Theiss Verlag

Brockius, Schifffahrt und Schiffbau in der Antike, Theiss Stuttgart

Jung, Die Germanen, Weltbild Verlag Augsburg

Haywood, Geschichte der Völkerwanderungen, Nat. Geogr. Historische